KAWABATA
YASUNARI

一頁 folio

始于一页，抵达世界

伊豆的舞女

[日] 川端康成 著

陈德文 译

广西师范大学出版社

·桂林·

图书在版编目（CIP）数据

伊豆的舞女 /（日）川端康成著；陈德文译.--桂林：广西师范大学出版社，2023.3
ISBN 978-7-5598-5761-3

Ⅰ.①伊… Ⅱ.①川… ②陈… Ⅲ.①短篇小说－小说集－日本－现代 Ⅳ.① I313.45

中国国家版本馆CIP数据核字（2023）第002598号

YIDOU DE WUNÜ
伊豆的舞女

作　　者：（日）川端康成
译　　者：陈德文
责任编辑：谭宇墨凡
特约编辑：王子豪　徐　露　徐子淇
装帧设计：汐　和　at compus studio
内文制作：陆　靓

广西师范大学出版社出版发行
（广西桂林市五里店路9号　邮政编码：541004
　网址：www.bbtpress.com）
出版人：黄轩庄
全国新华书店经销
发行热线：010-64284815
北京华联印刷有限公司印刷
开本：889mm×1260mm　1/64
印张：6.25　　　　　字数：160千字
2023年3月第1版　2023年3月第1次印刷
ISBN 978-7-5598-5761-3
定价：47.00元

版权所有，侵权必究
如发现印装质量问题，影响阅读，请与出版发行部门联系调换。

目录

伊豆的舞女	1
油	45
篝火	59
春景色	89
温泉旅馆	117
抒情歌	187
禽兽	227
母亲的初恋	265
朝云	307
『燕』号列车上的女孩	341
关于《伊豆的舞女》（一）	361
关于《伊豆的舞女》（二）	369
译后记	381

伊豆的舞女

一

一

山路像藤蔓,缠过来绕过去,眼看就要到天城岭了吧,我想。

这时,暴雨将茂密的杉树林浸染成一片白茫茫,以迅猛的速度从山下向我追来。

我二十岁,头戴高中制服的学生帽,身穿蓝底梨花白的和服,外头套着阔腿大裤,肩上挎着书包,独自一人到伊豆旅行,今天已经是第四天了。在修善寺温泉住了一宿,汤岛温泉住了两宿,然后,换上高齿木屐[1],登天城山来了。重叠的山

---

1 朴木制作的晴天穿的木屐,一种日本旧时高中生的常用便鞋。

峦,原生的林木,幽深的溪谷,我被眼前的秋色迷住了,可心里的一个期待更使我兴奋不已,催促我急急赶路。

走着走着,大粒大粒的雨点开始打来。我跑步登上曲折而陡峭的坡道,好不容易到达山顶北口的茶馆,这才松了口气。登顶的同时,我在门口一下子愣住了。我的期待竟完美地实现了!原来,江湖艺人一行正在那里歇息。

舞女看我呆立不动,立即让出自己的坐垫,翻过来放在我身边。

"这……"我只是应和着,便坐了上去。因为跑着上山,一时喘不过气来,再加上惊讶,"谢谢"这个词卡在喉管里出不来。我和舞女面对面坐得很近,慌慌张张从袖袋里掏出香烟。舞女又把女伴面前的烟灰缸拉过来,推到我跟前,我还是一声不响。

舞女看起来十七岁左右,束着古式的大发髻,那奇怪的形状我也叫不出名字,这发髻将那张冷艳的鹅蛋脸衬得小巧玲珑,具有调和的美感,就像历史小说中过分夸张地长着一头浓发的女子画像。舞女的旅伴中有一位四十多岁的女人,两个年轻的姑娘,还有一个二十五六岁的汉子,他穿着印有"长冈温泉客栈"标识的便服[1]。

这一路上,我已经两次遇到舞女一行人了。头一次是在我来汤岛的路上,在汤川桥附近碰见的,那时年轻姑娘有三人,她们要去修善寺,舞女背着鼓,我一次次不住回头看,心里充满着山野旅人的情思。接着是在汤岛的第二天晚上,她们到旅馆里演出,我坐在楼梯上,一心一意看舞女在门厅跳舞——我当时就想,那天在修善寺,今晚在汤岛,明日他们该不会翻越天城向南,到汤野温泉吧?常言道"天城七里[2]",这二三十公里长的山路,我一定能追上!我就是怀着这种希望急匆匆赶路的,谁承想在躲雨的茶馆里碰个正着,我的心怦怦直跳。

过了一会儿,茶馆的老婆子陪我到另一间屋

---

1 一种印有家徽或标识性文字的工作服。
2 1日里约合3.93公里。

子,看样子这里平素无人居住,没有格子门,向下一望,优美的溪谷深不见底。我身上起了鸡皮疙瘩,浑身冻得直打哆嗦,牙齿咯咯作响,老婆子端茶进来,我跟她说:"好冷。"她心疼地说:

"哎呀,小少爷,看您浑身都湿透啦!快过来烤烤吧,把衣服烘干。"说着就把我领到她自己的屋子里。

这间屋子开了个地炉,拉开格子门,一股强烈的暖流直冲过来,我站在门口踌躇起来。炉边盘腿坐着一位老爷子,全身苍白、浮肿,像个溺死鬼,他两眼黄浊近乎糜烂,神情忧郁地望着我,身子周围的旧信和纸袋堆积成山,可以说他整个人都埋在纸堆里。我瞅着这个半死不活的山间妖怪,呆呆地站着。

"让您看到他这副模样,怪难为情的……他就是我们家老爷子,不用怕,不过,倒也挺叫人觉得寒碜的,可他不能动弹,就请您将就一下吧。"

她客气了一番。听老婆子说,老爷子中风多年,全身不遂。那纸堆是各地寄来的介绍治疗中风方法的信笺，以及从各地搜集来的药袋子。老爷子从路过的行人嘴里或报纸广告上一个不漏地打听全国各地治疗中风的方子，再从各地买药品寄过来。那些信和纸袋他一个也不肯丢，他就是看着身边这些旧纸活下来的，长此以往，这些破烂纸张就堆成了山。

我不知道如何回答老婆子才好，只是低俯身子靠近地炉。翻山而过的汽车令房屋震动，我想，秋天就这么冷，不久便要大雪封山，这老爷子怎么还不下山呢？炉火很旺，我的衣服都冒热气了，头也疼起来，老婆子去了店里和女艺人聊天。

"可不是吗，这不就是上回跟来的那孩子吗？都成大姑娘啦！您也蛮好的。出落得这么漂亮，真是女大十八变呀！"

约莫一小时后，听说江湖艺人就要出发，我也坐不下去了，心怦怦直跳，可就是没勇气站起来。她们虽说旅行惯了，可女人家的腿脚慢，哪怕落下一两公里，小跑一阵也能追上她们的。我虽这么想，但仍坐在地炉边焦躁不安。舞女她们

不在身旁,我的幻想反而得到解放,开始活跃起来了。老婆子出去送行,回来后我问她:

"那帮艺人今晚住在哪儿?"

"小少爷,那些人呀,住到哪儿谁能说准呢?还不是哪儿有客人就住在哪儿?天晓得她们今夜会住到哪里去啊。"

老婆子的语气满含轻蔑,她的话怂恿着我。我心想,要是这样,今夜干脆叫那舞女住到我屋里好了。

雨小了,山峰明亮起来。老婆子拼命挽留我,说再等十分钟天就会响晴,可我哪里坐得住。

"老爷子,可要保重啊,天冷啦!"我真诚地对他说,随后站起身来。老爷子转动了一下沉滞而浑黄的眼珠,微微点着头。

"少爷,少爷!"老婆子高喊着追过来,"收您这么多钱,太难为情啦,实在不敢当呀!"

她抱住我的书包不松手,一定要送我一程,怎么劝都不听。她脚步蹒跚地走了一百米远,嘴里不断唠叨:

"实在受不起呀,招待很不周啊!您的模样我倒是记住啦,下回来再好好伺候吧,下次可一定要来啊,我不会忘记您的!"

我只放了一枚五十文的银币,她就如此惊讶,激动地差点流下泪来。可我只想早些追上舞女,老婆子东倒西歪的脚步反而成了拖累,好不容易才到山顶的隧道。

"谢谢啦,老爷子一个人在家,就请快回吧。"经我这么一说,老婆子才好容易放开了我的书包。

进入黑暗的隧道,冰冷的水珠吧嗒吧嗒地滴落下来,通向南伊豆的洞口在远方闪着小小的光亮。

二

出了洞口,便看到山路一侧镶着涂有白漆的栏杆,闪电般向山下蜿蜒而去。在那模型似的山脚下,艺人们的姿影出现了,走了不到六百米,我赶上了他们一行人。可我不好马上放慢脚步，只能装出一副冷淡的样子，打女人身旁越了过去。那汉子在相隔二十米远的前头走着，一看到我就站住了。

"走得真快啊，天也晴啦！"

我松了口气，和那汉子肩并肩走着，汉子不住向我问这问那，看到我们两个聊开了，女人们也从后头咚咚咚跑过来。汉子背着大柳条箱，四十多岁的女人抱着小狗，年长的姑娘挎着包裹，年轻的姑娘也背着个柳条箱，舞女挎着鼓和鼓架。四十多岁的女人也断断续续跟我搭讪开了。

"是个高中学生呢。"年长的姑娘悄悄对舞女说。我一回头，她就笑了：

"是吧？那模样我瞧得出，学生哥儿常到岛上来呢。"

他们一行是大岛波浮港人，春天从岛上出来，一直在外旅行，天冷了，没有过冬的准备，便想在下田待上十多天，经由伊东温泉回大岛。我一听到大岛，就感到诗意满怀[1]，再次看了看舞女美丽的头发。我问了许多关于大岛的事。

"好多学生哥儿都来游泳呢。"舞女对女伴说。

"是在夏天吧？"我一回头，舞女猛然一惊。

"冬天也……"她小声回应着。

"冬天也能游？"

舞女又看看身旁的女伴，笑了。

"冬天也能游泳吗？"我又叮问了一下，舞女涨红了脸，非常认真地轻轻点了点头。

"真傻，这孩子。"四十多岁的女人笑着说。

到汤野要沿着河津川溪谷走十多公里的下坡路。翻过山岭，感觉到山野和天空都是一派南国气息。我同汉子不住地聊着，变得十分亲热了。过了荻乘、梨本等小村庄，就看见山麓间汤野镇的茅草屋顶。这时，我鼓起勇气，说想跟他们一

---

[1] 大岛全称伊豆大岛，位于伊豆半岛以东，波浮港则位于大岛东南部。1924年，诗人野口雨情游历大岛，写下著名诗篇《波浮之港》。1928年，中山晋平为之谱曲，一时传遍全日本。

道前往下田,那汉子听了很高兴。

来到汤野的客栈前,四十多岁的女人正要和我告别,汉子紧接着说:

"这位说要跟我们做伴呢。"

"哎呀,那敢情好。出门靠朋友,处世靠人缘。我们这种下贱的人,也能给您消烦解闷。好啦,快进来歇歇吧。"她快人快语地说着。姑娘们倏忽看向我,带着一副漫不经心的神色,默默不语,目光稍显羞赧。

我随大家一起登上客栈二楼,卸下行李,榻榻米和隔扇又旧又脏。舞女打楼下端茶上来,她一坐到我面前,就飞红了脸蛋,手也颤抖起来。眼看茶碗就要从托盘上滑落了,为了不让茶碗掉下来,她连忙顺势放在榻榻米上,茶水不小心洒了一地。她是那样的害臊,倒把我惊呆了。

"瞧你,真烦人!这丫头有私情啦!这可怎么得了呀……"四十多岁的女人一时也愣住了,她双眉紧锁,扔过来一条手巾。舞女拾起来,局促不安地擦起榻榻米。

这冷不丁的一句话，使我立即反省起来，我袄山上老婆子煽动起来的幻想，一下子破灭了。

这时，四十多岁的女人突然说：

"小哥这件蓝底梨花白的衣服真好看呢。"一边说，一边直盯着我，"他的这件和民次那件花纹相同，不是吗？一模一样啊！"她一个劲儿对身旁的姑娘重复着，又转向我：

"老家里还留着一个上学的孩子，眼下正好想起他来了，那孩子的衣服上也有这样的碎白花纹。这几年，蓝底白花布的价格也涨了，真是没法子呀！"

"在哪儿上学？"

"寻常五年[1]了。"

"哦，五年级，那么……"

"他在甲府的学校上学，我们虽然长期住在大岛，可老家在甲斐的甲府。"

---

1 即日本旧制的"普通小学五年级"。明治十九年（1886）开始，日本对六岁以上儿童一律施行义务教育，起初学制为四年，明治四十年（1907）改为六年。为了阅读方便，下文皆以"普通小学"代之。

休息了大约一小时后，汉子领我到了另一家温泉旅馆，我本来一心以为会和艺人们住在同一家客栈里呢。我们穿过公路，沿着石子小路和石阶走了百米光景，走过小河岸上公共浴场旁边的横桥，桥对面就是温泉旅馆的庭院。

我泡在馆内的浴池里，汉子也跟着进来了。他说他今年二十四了，老婆两次怀孕，一次流产，一次早产，生下的孩子都死了。他穿着印有"长冈温泉客栈"标识的便服，我还以为他是长冈人呢。他的仪表和谈吐都很有修养，我猜，他大概是出于爱好，或因为看上了艺人的女儿，才一路跟来搬运行李的吧。

洗完澡，我立即吃了午饭。离开汤岛时是早晨八点钟，此时还不到三点。汉子临走前，在院子里抬起头对我打招呼。

"买点柿子什么的吃吃吧，对不起，我从楼上扔下去啦！"我说着，把钱包在纸里投了下去。汉子想谢绝，正要走，纸包落在院子里，他只得转身返回去拾起：

"这可不敢当啊!"说罢又扔了上来,纸包落到茅屋顶上了。我再次扔下去,汉子只得捡起来拿走了。

黄昏时分下起了暴雨,山色不分远近,一律浸在白茫茫的水雾之中。前面的小河眼看变得浑浊泛黄,水声哗哗。这么大的雨,舞女她们不会出外表演了吧?我虽然心里这样想,但总是坐不住,只好两次三番去洗澡。房间里很暗,和隔壁房间相连的隔扇上开了个方形的洞,隔扇顶端的横木框上吊着一只电灯,两个房间共用一个灯泡。

"咚咚,咚,咚!"浩大的雨音里,远方传来微弱的鼓声。我急忙扒开挡雨窗,探出身子。鼓声仿佛逐渐变近,风雨扑打着我的头,我闭上眼睛侧耳倾听,想弄清楚那鼓声是打什么地方来,又是如何传到这儿的。不一会儿,又听到三味线的声响,伴着女人长久的叫喊,还有热烈的哄笑声。我明白了,原来艺人们被召到客栈对面一家酒馆的筵席上了,从声音上分辨得出有两三个女人、三四个男人。我等待着,心想,那边一结束就会到这里来的吧,可是,那场酒宴刚刚进入高潮,似乎闹腾得正起劲呢。女人尖厉的嗓音,如闪电一般时时划破幽暗的夜空。我绷紧了每一根神经,一直大敞着窗户,呆坐着纹丝不动。鼓声每响一次,我心里就感到一片明净。

"啊,舞女依然在筵席上,正坐着打鼓呢。"

鼓声一停,我就受不住了,一颗心沉浸到雨音里。

不久,一伙人似乎在玩老鹰抓小鸡游戏,或是在轮流跳舞,杂沓的脚步声响了好半天。接着,突然变得鸦雀无声。我睁大双眼,想透过黑暗弄清楚这寂静究竟意味着什么。我很苦恼,舞女今夜能守住身子吗?

我关上挡雨窗,钻进被窝,心中很憋闷,又去洗了澡。我胡乱地搅动着满池子热水。雨住了,月亮出来了,经雨洗涤的秋夜清雅、明丽。我想光脚跑出浴场,但一想,我又能怎样呢?

已经过了两点钟。

三

第二天上午九点过后,汉子很早便来到我的住处。我刚刚起床,邀他去洗澡。今日是个美丽、晴朗的南伊豆小阳春天气,涨水的小河在浴场下承接着温暖的阳光,昨夜的烦恼犹如梦境,于是,我试着问他:

"昨夜里你们闹腾到很晚吧?"

"怎么,您都听到啦?"

"当然听到啦。"

"都是当地人,只顾瞎闹,实在没意思。"

他似乎不当回事,我也就不再问了。

"女人们都到对面的浴场来了——瞧,她们看见咱们了,冲着这边傻笑呢。"

顺着他手指的方向,我向河对岸的公共浴场望去,水雾里朦胧浮现出七八个裸露的身体。

昏黑的浴场深处,突然跑出一个浑身光裸的姑娘,未等我回过神来,她早已站在浴场换衣处伸出来的一端,看那架势,正要往河岸上跳呢。

她极力伸展两臂,一边叫喊着什么,身上一丝不挂,连条手巾也没有。是舞女。望着那小桐树一般伸开的双腿和洁白的裸体,我心里犹如涌进一湾清泉,我深深舒了口气,笑出了声。还是个孩子呀!这孩子只是因为看到我们感到喜悦,就赤条条地跑到太阳底下,踮起脚尖,尽全力挺直了脊背。我高兴地朗声笑个不停。脑子像被水洗过一般,清澄无比。我一直微笑着。也许由于头发过于浓密,舞女看上去像十七八岁,再加上装扮得像妙龄女郎,才惹起我的那些奇思怪想来。

我和那汉子一起回到我的房间,不久,年长的姑娘就到旅馆的庭院来看菊花了,舞女刚走到桥中央,四十多岁的女人就走出公共浴场,看着她们两个。

"又要挨骂了。"舞女慌忙缩起肩膀,笑着急匆匆折返。四十多岁的女人走到桥边,大声招呼:

"过来玩哪!"

"过来玩哪!"年长的姑娘也跟着说。

女人们回去了。汉子一直在我这里坐到天

黑。

晚间，我正和一个行走全国批发纸张的商人下围棋，旅馆院子里突然传来鼓声，我立即想出去看看。

"她们来演出啦！"

"嗯？没意思，那种人！快，快，该你了，我走到这儿啦。"纸商捅捅棋盘，他的心全放在输赢上了。我有些心神不定，艺人们就要回去了，那汉子站在院子里跟我打招呼：

"晚上好！"

我在走廊上向他招手。艺人们在院子里嘀咕了一阵子，往门口走去。汉子后头，三个姑娘依次跪在廊下，像艺妓一般对我行礼：

"晚上好！"

我在围棋盘上败势初现：

"已经没救啦，我认输。"

"怎么会呢？我不如你呀，我们都下得很用心。"

那纸商瞧也不瞧艺人们一眼，一个个数起棋

眼,越发认真了。姑娘们把鼓和三味线收在屋角,在将棋[1]盘上摆起了五子棋。这当儿,本该赢的一盘棋,被我输掉了。

"怎么样?再下一盘,再下一盘!"纸商一个劲儿黏缠,而我只是兴致缺缺地冲着他笑,那纸商没办法,只好走开了。

姑娘们围在棋盘旁。

"今晚还到哪里演出吗?"

"是要演出的。"汉子盯着姑娘们说。

"今晚算了吧,就让她们玩玩好啦。"

"太好啦!太好啦!"

"要挨骂的呀。"

"哪里,再怎么转悠,也不会有什么客人啊。"

于是,她们开始下五子棋,一直玩到下半夜。舞女回去后,我怎么也睡不着,头脑十分清醒,于是跑到走廊上喊道:

"纸商先生,纸商先生!"

---

[1] 一种棋类游戏,和中国的象棋类似。棋盘纵横各九列,双立各排列二十枚棋子,持子逼攻对方将帅,可取对方子为己用。

"来了……"将近六十岁的老爷子从屋里飞跑出来,斗志昂扬地说:

"今天晚上战个通宵,下到天亮!"

我也怀着极其好战的心情。

四

我们约好第二天早晨八点离开汤野。我把在公共浴场旁买的便帽戴到头上,将高中学生帽塞进书包,走向公路边的客栈。楼上的窗户大敞着,我毫不介意地上了楼,一看,艺人们还躺在被窝里,我不知如何是好,呆呆站在走廊里。

我脚边的床铺上躺着舞女,她面孔绯红,一下子用双手捂住了脸。她和那位年轻的姑娘睡在一个被窝里。昨夜的浓妆还残留着,嘴唇和眼角渗着微红,那极富风情的睡姿使我一阵激动。

她似乎觉得光线晃眼,一骨碌翻了个身,双手捂着脸滑出被子,坐到了走廊上。

"昨晚谢谢您啦!"她姿态优美地行了礼,弄得站着的我一下子慌了神。

汉子和年长的姑娘睡在一起,在这之前,我完全不知道他俩原来是夫妻。

"实在对不起,本来打算今天出发的,可听说今晚有筵席,所以决定延长一天。您要是今天非走不可,那就到下田再见吧,我们已经订了甲州屋旅馆,一问便知。"四十多岁的女人从床铺上半抬起身子说道。

我感觉自己像被人一把推开了。

"明天再走好吗?我不知道妈妈要多待一天。路上还是有个伴儿最好,明天一起走吧。"汉子说罢,四十多岁的女人附和道:

"那就这么办吧,您跟我们做伴,我们却只顾自己方便,真是过意不去啊,明天即使下刀子也要上路的。后天是旅途中死去的婴儿的'七七'忌日,我们早就记挂着,打算在下田镇尽心尽意祭奠一番,所以一定要在那天之前赶到下田。跟您说这些也许太失礼啦,可我们有如此奇缘,后天就请务必参加祭礼吧。"

于是，我也决定延长一天，随后下了楼梯。我在脏污的柜台里和客栈的人闲聊，等她们起床。汉子邀我去散步，沿公路向南走，不远处就有一座漂亮的桥，他倚着栏杆，又谈起自己的身世。他以前在东京某个新派剧[1]团干了些时日，现在还时常到大岛港演戏。他们行李里的假刀鞘像大腿一般从包裹里刺出来，那是在筵席上演戏用的道具。柳条箱里装着戏装，以及锅碗瓢盆等生活用具。

"我耽搁了自己，落到这步田地。可哥哥在甲府很体面地继承了家业，所以，他们就不指望我啦。"

"我一直以为你是长冈温泉的人哩。"

"是吗？那个年长的姑娘是我老婆，比您小一岁，十九了，出门在外，第二个孩子早产，不到一周就断气了，她身体还没完全恢复过来。那个婆子是我老婆的母亲，舞女是我亲妹妹。"

---

[1] 日本剧种之一，介乎歌舞伎（旧派剧）和话剧（新剧）之间。

"哎？您说有个十四岁的妹妹……"

"就是她呀。我一心不想叫妹妹干这一行的，可是有些事很难说清楚。"

他接着告诉我，自己叫荣吉，老婆叫千代子，妹妹叫薰。还有那位十七岁的姑娘百合子，是大岛人，雇来的。荣吉变得十分感伤，哭丧着脸，凝神看着河滩。

回来一看，舞女已经洗去脸上的白粉，正蹲在路旁抚摸小狗的头。我说要回自己房间去。

"来玩呀。"

"嗯，可一个人……"

"和哥哥一起来嘛。"

"这就去。"

不久，荣吉来到我的房间。

"她们呢？"

"姑娘们怕妈妈唠叨。"

谁知，我俩玩起五子棋的时候，姑娘们过了桥，咚咚咚地上了二楼。她们像平常一样认真地行了礼，坐在廊下，迟疑了片刻，千代子最先站了起来。

"这是我的房间,请不要客气,进来吧。"

玩了大约一小时,一行人到旅馆的室内浴池洗澡,约我一起洗。毕竟有三个年轻姑娘,我就说再等一会儿,给推托过去了。于是,舞女立即一个人跑了回来。

"嫂子叫您快去,说要给您搓背呢。"她为千代子传话来了。

我没有去洗澡,而是和舞女一起下五子棋。她的棋艺出奇得高,循环赛上,荣吉和其他姑娘都连连败下阵来。下五子棋我很有自信,一般人都赢不了我,同她下不必特意让子,心情很自在。就我们两个,起初,她离得很远,伸出手臂落子,后来渐渐忘我,几乎伏在棋盘上了,那一头略显不自然的乌黑秀发几乎触到我的胸间。突然,她涨红了脸:

"对不起,要挨骂了。"她扔下棋子,飞跑出去。婆子站在公共浴场前,千代子和百合子也慌忙出了浴场,楼也没上,逃回去了。

那天,荣吉也从早到晚一直在我屋子里玩。纯朴而亲切的旅馆老板娘劝我说,管那种人的饭实在太可惜了。

晚上,我去客栈,看到舞女正在跟婆子学习弹三味线,一见到我就停下手来,经婆子一说又抱起三味线。她唱歌的调子稍高一些,婆子就说:

"我说了,不能这样大声唱。"

荣吉被召到对面酒馆二楼的筵席上去了,从这里看得见,他好像正在念叨着什么。

"那是什么曲子?"

"那个呀——叫谣曲[1]。"

"谣曲?挺怪的。"

"他是个路路通,不知又是玩的哪一手。"

这时,一个四十岁光景、租下这家客栈一间房开鸡肉店的男子拉开隔扇,邀请姑娘们吃饭。舞女和百合子一起拿着筷子到隔壁,吃店老板剩下的鸡肉火锅。她们一起回到这间房时,鸡肉店

---

[1] 能剧中供演员道白和演唱的词章(剧本),此处代指将其演唱出来的曲子。

老板轻轻拍了拍舞女的肩头,婆子露出可怕的表情说道:

"哎,不能碰这孩子,人家还是个黄花闺女呢!"

舞女对着鸡肉店老板"叔叔,叔叔"地叫个不停,要他读《水户黄门[1]漫游记》给她听。可那老板立刻起身走了。舞女不好直接叫我给她读,就一个劲儿央求婆子,想托婆子来请我。我怀着期待拿起这本故事书,舞女果然渐渐靠了过来。我一开始读,她的脸就凑过来,几乎触到我的肩膀。她表情认真,一双乌亮的眼睛专心致志瞧着我的前额,一眨也不眨,这是她求人念书时的习惯。刚才,她的脸也几乎和鸡肉店老板的脸重叠在一起了,我亲眼所见。那一对有着秀丽、光亮黑眸的大眼睛,是舞女全身最迷人的地方,双眼皮的线条也具有一种无法言说的娇美。还有,她

---

1 德川光圀(1628—1700),官至中纳言,人称水户黄门。拜朱舜水为师,推奖儒学,开设彰考馆。晚年效林和靖梅妻鹤子,隐于故乡西山。

笑起来好似一朵鲜花，拿"笑靥如花"这个词形容她最合适。

不久，酒馆的女佣来接舞女了。舞女换上戏装，对我说：

"去去就回来。等一等，回头接着给我读。我走啦。"

她在廊下向我行礼。

"可别唱啊！"

婆子吩咐了一声。她提起鼓，微微点点头。婆子转向我说：

"眼下正是换嗓子的时候……"

舞女端坐在酒馆楼上敲鼓，那背影看上去好像就近在隔壁。鼓声震荡，我的一颗心伴随鼓点欢快地跳动。

"鼓声一响，整个筵席就活跃起来了。"婆子也在瞧那边。

千代子和百合子也到那边的筵席上去了。大约过了一个小时，四人一同走回来。

"就这么多……"舞女张开紧握的拳头，往婆子掌心哗啦啦丢下几枚银币。我又给她朗读了一会儿《水户黄门漫游记》。她们又提起旅行中死去的孩子，据说那婴儿生下来像水一般通体透明，连哭的力气都没有，尽管这样，还是活过了一星期。

既没有好奇心，也不带轻蔑，仿佛忘记了他们是江湖艺人，我寻常的好意似乎沁入了他们心底。我不由得决定找机会到他们大岛的老家走一遭。

"可以住在爷爷家，那里很宽敞，把老头子赶出去就清静了，住多久都行，也能在那儿做功课，"他们互相商量了一阵 又对我说，"有两间小房子，山上那间一直空着。"

还说过年时叫我去帮忙，他们要到波浮港演戏。

我明白了，他们一行人旅途中的心情，不像我当初想的那样苦涩，他们的心境悠闲自在，不失山野之趣，母女兄妹之间总能感觉到一种骨肉之情紧密相连。唯有雇来的百合子，正逢羞涩、腼腆的年纪，在我面前一直沉默不语。

过了半夜,我离开客栈,姑娘们送我出来。舞女为我摆好木屐,从门口探出头来,望着明朗的天空。

"哎呀,多好的月亮!明天就到下田啦,真高兴。婴儿过'七七',要请妈妈给我买把梳子,接着还要做好些事呢,带我去看电影好吗?"

下田港对这些在伊豆和相模的温泉浴场间巡回演出的江湖艺人来说,正是旅行途中所怀恋的城镇,飘荡着一种故乡的气息。

五

艺人们各自背着和翻越天城岭时一样的行李,小狗在婆子的臂弯里伸着前腿,一副惯于旅行的样子。走出汤野,又进入山里,朝阳从海上升起,照得山野暖洋洋的,我们一同眺望着太阳,河津川下游宽广的河津浜一派明媚。

"那就是大岛啊!"

"看！那么大呢，您可要来呀！"舞女说。

秋日的天空青碧如洗，接近太阳的海面，和春日里一样烟霞迷离。从这里到下田还有二十公里的路程，在这段不算久的时间里，大海时隐时现。千代子尽情地唱起歌来。途中有一段略显陡峭的山坡，他们问我，是抄近路走两千多米长的山间小径，还是走原来的宽阔大道？我当然选择了抄近路。

这是一条积满落叶、艰险陡峭、泥泞难行的林间小路。我气喘吁吁，干脆豁出去了，两手拄着膝盖，加快了脚步。眼看着一行人落在我后面好远了，只能听到说话声远远穿过树林传来，舞女一个人高高撩起裙裾，噌噌噌地追上了我。她在我后头走着，离我两米远，一直保持着这个间隔，既不肯缩短，也不肯拉长。我回头跟她说话，她不由一怔，微笑着停下来回答我。舞女跟我说话时，我总是等她追上来，可她仍然会停住，我不走，她也不动。路越发曲折奇险起来，我更加急匆匆地向前迈步，舞女仍一心一意攀登着，始终在我身后保持两米的间距。山野寂静，其他人已经落后很远，连说话声也听不到了。

"您家住在东京哪里？"

"不，我住在学校宿舍。"

"我也知道东京，赏花时节去跳过舞……那是小时候的事，记不清啦，"又问我，"您家父亲还在吗？到过甲府吗？"

她断断续续问了许多事，还说到了下田要去看电影，也提到了死去的婴儿。

到达山顶了。舞女把鼓放在枯草丛中的坐凳上，用手帕擦汗。然后，她想掸掉自己脚上的尘土，却突然蹲到我脚边，给我掸了掸裤角。我连忙缩回身子，舞女便一下子跪坐在地上，弓着身子给我周身都掸了一圈，随后放下先前撩起的裙裾，对不停喘息着站在那里的我说道：

"快坐下吧。"

一群小鸟飞到我们身边，周围很安静，小鸟站在树枝上，弄得枯叶沙沙响。

"为什么走这么快呀？"舞女似乎很热。

我用手指砰砰地敲起鼓,小鸟飞走了。

"啊,真渴啊!"

"我去看看。"

不一会儿,舞女两手空空,从枯黄的杂木林里回来了。

"你在大岛干些什么呢?"

于是,舞女突然举出两三个女人的名字,接下来她说的话也让我摸不着头脑。她想说的似乎不是大岛,而是甲府,这几个名字也好像是她普通小学一二年级的同学,她想起了她们,就对我说了一通。

等了约莫十分钟,三个年轻人到了山顶,婆子在他们之后十分钟到达。下山时,我和荣吉故意晚些出发,慢悠悠地说着话,走了两百米,舞女从山下跑了回来。

"这下边有泉水,大家叫你们快去,都没喝,正等着呢。"

听说有水,我跑了起来。一股清泉从树荫下的岩石缝里涌出来,女人们站在泉水周围。

"来,请先喝吧。一伸进手,就会搅浑的,在女人后面喝,不干净。"婆子说。

我用手捧着清凉的泉水喝下去。女人们一时舍不得离开,绞着湿手巾擦起汗来。

下了山,踏上通往下田的公路,看到几缕烧炭的黑烟。我们坐在路旁的木材上歇息,舞女蹲在路上,用桃红的梳子给小狗梳理垂下的长毛。

"梳齿要弄断的呀。"婆子提醒她。

"不碍事的,反正到下田要买新的。"

打在汤野时起,我就一直想要那把插在她额顶发上的梳子,她竟然用来梳狗毛,真扫兴。对面路边放着好多捆细竹子,我和荣吉都说可以拿来当作拐杖用,说着就先出发了。舞女跑着追过来,拿着一根比她身子还长的粗竹子。

"干什么?"经荣吉一问,她一时慌了神,连忙把竹子递给我。

"给您当拐杖,我抽了一根最粗的。"

"不行!粗的一看就是偷的,被人发现就不好了,快送回去!"

舞女回到放竹捆的地方，又跑回来，这次给了我一根中指一样粗的竹子。接着，她猛地仰面倒在田埂上，痛苦地喘着气，等着其他人。

我和荣吉走在她们前面十多米远处，一直不停地迈动着脚步。

"把那颗牙拔掉，镶上一颗金牙就好啦。"舞女的声音突然传进我的耳朵。回过头一看，舞女和千代子肩并肩走着，婆子和百合子则走在她们身后稍远处。

她们似乎没有注意到我回头了，只听千代子说：

"可不是吗，你就这么跟他说说，怎么样？"

她们似乎在议论我，千代子说我牙齿不整齐，舞女才提到换金牙的事。她们谈起我的长相，我并不在乎，也不想侧耳细听，只是感到很亲切。她们低声谈论了好半天，只听舞女说道：

"是个好人哩！"

"这倒是，像个好人。"

"确实是好人，好人就是好啊！"

说话的语调既单纯又爽朗,这是将满腔的感情,天真无邪地骤然倾吐出来的声音,令我本人也确确实实感到自己是个好人。我满心喜悦,抬眼眺望一片明朗的山峦,眼底微微发疼。二十岁的我曾反复严格自省——自己的性格是否被"孤儿根性"扭曲了,我是不堪忍受满心的郁闷才来伊豆旅行的。所以,自己在这世上能被看作通常意义上的好人,实在让我感到一种难言的欣慰。

山色明丽,是因为接近下田的海面了。我抡起刚才的竹杖,斩掉了好些秋草的梢头。

一路上,每个村口都立着牌子:

乞丐和江湖艺人不得入内

六

甲州屋客栈就在下田镇北口附近,我跟在艺人们后头,登上低矮的二楼,坐到面向公路的窗户旁边。二楼没有顶棚，屋顶紧紧贴着头皮。

"肩膀疼不疼？"婆子再三叮问舞女，"胳膊疼不疼？"

舞女摆出一个优美的打鼓的姿势。

"不疼，能打，能打。"

"那太好啦。"

"哎呀，好重！"我提起鼓试了试。

"比您想象得重，比您的书包还重哪！"舞女笑了。

艺人们和客栈的客人热烈地谈论起来，客人也都是些江湖艺人和杂货商[1]，下田港就是这些候鸟的老巢。客栈老板家的孩子摇摇晃晃走进来，舞女给了他一些铜钱。我正要走出甲州屋，舞女连忙抢先来到门口，为我摆好木屐。

"领我去看电影呀。"她又跟自己嘀咕起来。

路上遇到一个闲汉，在他的指引下，我和荣吉找到一家原镇长开办的旅馆。洗完澡，我和荣

---

[1] 原文为"香具师"，指在庙会、祭祀活动或节日里，以杂耍、贩卖小商品等为业的人。

吉一起就着鲜鱼吃了午饭。

"买点花什么的,明天的祭礼用来上供吧。"我说着,将装着少许零钱的纸包交给荣吉带回去。明天一早我就要坐船回东京了,盘缠已经花光。我推说学校有急事,艺人们也不好强留我。

吃完午饭还不到三个小时,又吃晚饭了。随后,我一个人经过下田北边的一座桥,登上"下田富士"[1]眺望海港。回来时路过甲州屋,看到艺人们正在吃鸡肉火锅。

"请吃一点吧,女人下过筷子的东西,虽说不干净,以后也可当作笑话讲嘛。"婆子从行李中拿出碗筷,叫百合子洗了拿来。

他们说,明天就是婴儿的"七七"忌日,要我再耽搁一天,我拿学校做挡箭牌,没有应。婆子反复叮咛道:

"好吧,寒假里大伙都去接船,到时候报个准日子,我们等着您。您别先找旅馆,我们直接到

---

[1] 位于下田市近郊的死火山,海拔 191 米,因形似富士山得名。

船上接您回家住。"

屋子里只剩千代子和百合子了,我邀她们去看电影,千代子按着肚子说:

"我身子不舒服,走了那么远的路,身体有些吃不消。"她脸色苍白,显得疲乏无力。百合子只是低着头,默不作声。舞女在楼下和客栈的孩子一起玩,一见到我,就黏缠着婆子让她和我一起去看电影。最后,她还是满脸失望,懒洋洋地回到我身边,帮我摆好木屐。

"好啦,就让她跟他去吧。"荣吉过来说情,那婆子就是不肯应。我真不明白,怎么就不行呢?出了大门,我看到舞女正在抚摸小狗的头,她显得有些冷淡,我也就不便和她搭讪了,她似乎连抬头瞧我一眼的力气都没了。

我一个人去看电影,女解说员对着黄豆大的灯光读解说词。我立即回旅馆了,胳膊肘支在窗棂上,一直瞅着夜间的城镇。

外面一片漆黑,我似乎听到远方不断传来微微的鼓声,不由得扑簌扑簌流下泪来。

七

出发的那天早晨,七点钟吃饭时,荣吉就在路上喊我。他身穿黑斜纹外褂,是为了送我,特意换上了这件礼服,只是不见女人们的姿影,我的心一下子凉了。荣吉走进屋子说:

"大家本想都来送您的,可昨晚睡得晚,一时起不来,实在失礼啦。她们说冬天等着您,千万要来呀。"

秋天的早晨,街上刮着冷风,荣吉买了四盒敷岛牌香烟,还有一些柿子和一袋"薰"牌口服清凉散。

"我妹妹就叫薰。"他微笑着说。

"船上吃橘子不合适,柿子治晕船,可以吃。"

"这个送给你吧。"我脱下便帽,戴到荣吉头上,然后从书包里掏出学生帽,扯平皱褶。我们两人都笑了。

走到码头,蹲伏在海边的舞女的身影突然跳入我的心中。我走到她身旁,她一动不动,默默低着头，她脸上昨夜的残妆使我更加动情，眼角的胭脂似乎为那怒气冲冲的面庞平添了一种幼稚而凛然难犯的神情。

"其他人还来吗？"荣吉问道。

舞女摇摇头。

"她们还在睡觉吗？"

舞女点点头。

趁着荣吉去买船票和舢板票的时候，我问了她许多问题，她只是俯视着小河的入海口，一言不发。没等我说完，她就抢先连连点头。

这时，有个土木工人打扮的男子朝我走来。

"老婆婆，就跟着他走吧。"

"学生哥儿，是去东京吧？我们瞅准了您，想拜托您把这个老婆婆带到东京。这个婆婆很可怜，儿子本来在莲台寺银矿上做工，这次流行性感冒[1]，儿子和媳妇都死啦，撇下这三个孙儿孙女。实在没办法，我们哥儿几个合计了一下，决定送

---

[1] 大正七年（1918）秋至翌年冬肆虐日本的流感，死者众多。

他们回家乡。她老家在水户，婆婆什么也不懂，等到了灵岸岛[1]，请您给她买张开往上野站的电车票。实在难为您，我们给您作揖了，请务必帮忙。您瞧她多可怜，权当行个善事吧。"

老婆婆呆呆地站着，背上绑着一个吃奶婴儿，左右手各抓着一个三岁多和五岁多的女孩，脏污的包袱里裹着大饭团和腌咸梅。五六个矿工在安慰她。我欣然答应照顾这个老婆婆。

"那就拜托啦！"

"谢谢您啦，我们本该直接送到水户的，可实在脱不开身啊！"矿工们一个劲儿感谢我。

舢板摇晃得很厉害，舞女依然紧闭双唇瞧向另一边。我攀上软梯，回头一看，舞女似乎想跟我说声"再见"，但最终还是没有出声，又对我点了一下头。

舢板开走了，荣吉手里不停地摇晃着我刚才送他的便帽。直到船开远了，舞女这才开始挥动

---

[1] 位于东京隅田川河口右岸，三方皆沟渠，围成岛形。

起一件白色的东西。

　　轮船驶出下田海面,伊豆半岛南端渐渐消隐于后方。这期间,我一直背倚栏杆,出神地眺望着海面上的大岛,心里觉得,我同舞女的离别好像已经是遥远的往昔了。老婆婆怎样了?我瞅瞅后舱,好多人将她团团围住,嘘寒问暖。我放心了,走进隔壁的船舱。相模滩波高浪险,一坐下去,人就开始不停地东倒西歪。船员给每人发了一只小铁盆。我枕着书包躺下来,头脑空空,不知道时间是怎么过去的,眼泪簌簌流到书包上,面颊冰冷,我只好把书包翻了过来。我身边躺着一位少年,他是河津工厂厂长的儿子,到东京去做入学准备。他看到我戴着第一高中的学生帽,产生了好感,搭讪几句之后便问我:

　　"您碰到什么不幸的事了吗?"

　　"不,刚刚和人分别来着。"

　　我非常直率,也不在乎人家看见我哭。我什么也不想,只是静静地躺着,有一种清清爽爽的满足之感。

大海不知不觉昏暗下来，网代和热海的灯光亮了起来。我又冷又饿，少年为我打开裹在竹箨里的饭菜，我吃着紫菜寿司，都忘记这是别人的东西了。接着，我一头钻进少年的学生斗篷。不管人家对我如何亲切，我都很自然地一概接受下来，心里既空虚，又甜蜜。明天一早把老婆婆带到上野站，给她买好去水户的车票，这是理所当然的事，我只感到这一切都融合在一起了。

船舱的灯熄灭了。船上装载的生鱼伴着海潮散发着强烈的腥味。黑暗中，我依偎着少年温热的身体，任眼泪滚滚流淌。我的头脑似乎变成一泓清泉，点点滴滴落下来，终于一滴也不剩。于是，我尝到了一种甘美的快乐。

大正十一年（1922）—大正十五年（1926）

油

一

我三岁的时候,父亲死了,第二年母亲死了,所以我对父母一点记忆也没有。母亲一张照片都没留下,而父亲据说一表人才,可能很喜欢照相,我们老家的宅子出售时,库房里发现了三四十张父亲各个年龄段的照片。初中住集体宿舍的时代,我桌子上曾经摆着他照得最帅气的一张,后来几经辗转,居无定所,照片也都丢失了,一张都没留下。即使见过照片,我也什么都不记得了,虽然能认识到这就是父亲,但没有丝毫真实感。纵然好多人都跟我讲过父母的往事,但我的头脑仍旧无法认定那些是自家亲人的故事,听罢就忘记了。

有一年过年,要过一座拱桥去参拜大阪住吉

神社，我朦胧想起小时候好像上过这座拱桥，就对同行的堂姐说：

"小时候是不是上过这座桥？我总有这样的感觉。"

"是呀，也许吧。叔父活着的时候，曾在这附近的浜寺和堺市住过，他一定带你来过这里。"

"不，我记得我是一个人来的。"

"那恐怕不可能。三四岁的孩子一个人过桥很危险，怎么还能登上登下的呢？一定是叔父或婶母抱着你过去的吧？"

"是吗？可我总觉得是我一个人过的。"

"叔父死时，你还是个孩子，办丧事时家里热闹起来，你很高兴，不过，你讨厌给棺材钉钉子，无论怎样都不许钉钉子，为此，大伙儿很头疼呢。"

还有，我来东京读高中的时候，分别十多年的伯母，看到我长大成人，感到很惊讶，说：

"父母不在，孩子也长大了。要是你父亲母亲还活着，该多高兴啊！你父母死去的时候，你可闹腾得很厉害呀,你不愿意听佛坛前的敲锣声,铜锣一响你就大哭,所以只好不敲锣。还有,你硬是叫人吹灭佛坛上的长明灯,不光吹灭,还要折断蜡烛,你一直吵闹不休,将油灯碗里的油泼到庭院里才勉强停手,你母亲因此在你父亲的葬礼上气得大哭。"

喜欢父亲葬礼期间家里变热闹,不许人给棺材钉钉子,等等,堂姐说的这些事我一点也不记得了。但是,伯母的话里却藏着亲切,仿佛一个遗忘的幼年好友对我的一声问候。我眼前出现了幼时捧着油灯碗的油污双手、哭泣的小脸儿,老家宅院里那棵槲树也立即浮现在我心头。十六七岁前,我几乎每天都爬上树,像猴子一样蹲坐在树干上读书。

泼油的地方就在槲树对面客厅走廊那边的洗手盆旁——如今我甚至被唤起了这样的印象。但仔细一想,父母都是在大阪附近淀川岸边的宅子里过世的,可浮现在我脑海的却是淀川以北十五至二十公里远的山村住宅的廊下。父母死后不久,淀川岸边的老宅子就废弃了,我回归故里,随即一点也不记得河边的宅邸了,所以觉得泼油的事也仿佛发生在山村的家里。此外,泼油的地方不一定就在洗手盆附近,比起端在我手上,油灯碗端在母亲或祖母手里更显自然。还有,我的头脑只会将父亲去世和母亲去世时我的两次表现当作一次,或同一件事的两次反复,至于详细的情况,伯母也忘记了,我的回忆或许只是幻想吧。不过,我的感情却把这种奇妙与歪曲当作事实来缅怀,它仿佛忘记了这是从他人处听来的,反而认定是自己直接回忆出来的,这让它觉得十分亲切。

那段话语似乎具有生命,给了我奇异的动力。

父母相继辞世三四年后,祖母死了,又过了三四年,姐姐也死了。在那些日子里,每次指使我向佛坛行礼的时候,祖父总是按旧习惯将带灯芯的油灯换成蜡烛。在听伯母谈起往事之前,我对祖父的做法没有丝毫怀疑,只是当作一件普通的事记在脑里,况且我也并非生来就讨厌敲锣或点油灯吧。办祖母和姐姐的葬礼时,我都不记得自己在父母葬礼时泼过灯油了,那么就算用带灯芯的油灯也会平安无事吧,但是祖父仍没有让我对着油灯行礼。听了伯母的话,我才第一次得知其中包含的祖父的悲哀——可笑的是,据伯母所说,我在父母的葬礼上折断蜡烛、把灯油泼到院子里,可祖父却把油灯换成蜡烛了。我虽然依稀记得泼过灯油,但丝毫不记得折断过蜡烛,蜡烛一说,多半是伯母记忆有误,或者在夸张。还有,虽然祖父不让我看到佛前的油灯,但在我上初中之前,我们祖孙二人一直是靠油灯照明的。祖父半盲,对他来说,明与暗区别不大,我们便用古式的方形座灯代替煤油灯。

我继承了父亲瘦弱的体质,再加上出生时不足月,估计将来也没有生育能力。上小学前我不吃米饭,众多讨厌的食物中,当属菜籽油最难下咽,肯定要吐出来。从小爱吃鸡蛋,蛋饼、蛋卷我都非常喜欢。但是,一想到热锅上淋的是菜籽油,即使鸡蛋上已经没有油味了,我也还是会厌恶。所以，我总是叫祖母或女佣剥掉紧贴锅底的表层后再吃。为了食欲不振的我，这种麻烦事每天都要重复好多遍。有一次，座灯的油滴了一滴到衣服上，我便再也不穿了，她们只得将那处剪下，再打上一块补丁，我才勉强穿上身。直到今天，我都对油腥气非常敏感，我一直以为自己只是单纯地厌恶油腥气。然而，听了伯母的话，我才开始明白这讨厌中包含了我的悲伤。我厌恶佛坛前的油灯，或许正因为对我来说，父母的死深深渗透着油腥气。从伯母的话里，我也能想象出祖父祖母对我一味厌恶油腥气的顽固心情的体谅。

　　从伯母的话里一下子想到这些时，一个幻影突然从记忆的底层爬上心头。孩提时代，我曾梦见山间神社祭典上的百灯祭[1]——点燃一只只陶瓷油灯碗中的众多灯芯，再将油灯一排排连续不断地吊在半空。剑道老师的真身是个心地恶劣的坏

---

[1] 日本京都岩屋神社的祭祀活动，人们在每年的八朔祭（起初为每年的农历八月初一，现为每年公历九月的第一个周日）点燃百灯，祈愿风调雨顺，稻谷丰穰。

人，他把我带到那些油灯前，说道：

"你要能用竹刀将这些油灯砍成两半，就算你有本领，我会把剑道秘诀全部教给你！"

粗大的竹刀一刀下去，就会把陶瓷油灯碗砸得粉碎，不可能砍成正好两半。我全神贯注，全击碎了，回过神来猛然一看，一盏灯也未剩下，周围变得一片漆黑。那位玩弄剑术的人，露出了其恶棍本性，我见了赶紧逃脱。就在这时，梦醒了。

我经常做这样的梦，想想伯母说的话便可知晓，这种梦表明，幼时失去父母的冲击潜隐于我的心底，同时内心又有一种力量在和这种冲击战斗不止。

听到伯母的话的同时，没有任何联系却被我记住的往事，就这样集中于一处，它们相互寒暄，亲切地诉说着共同的身份。每想到这一点，我的心情自然就变得兴奋而明净，浑身充满活力，很想重新思考幼年时期和亲人死别带给我的影响。

正如少年时代，我把父亲的相片放在书桌上

作为点缀，我也在写给男女友人的信件中，满怀伤悲，流着甘美的眼泪，倾诉"孤儿的悲哀"。

然而，不久后我便醒悟过来：与其说我丝毫不明白"孤儿的悲哀"为何物，毋宁说我根本不可能明白。父母活着的时候是那样，父母死了又变成了这样，只有明确这两者的不同，才会懂得"孤儿的悲哀"。可事实上父母已经死去，至于如果他们活着我会怎样，那只有神仙才知道；假若活着，也未必不会遇到其他不幸的事。所以，为着不曾见过面的父母的死流下甘美的眼泪，只能是幼稚而感伤的游戏。不过我想，冲击是肯定存在的，此种冲击或许只有等自己上了年纪，回首一生时才会明白。在那之前，怎么可能会因感情上残留的因习和模仿出的故事而真正感到伤悲呢？

因此，我的内心十分坚韧。然而，这种倔强反而使我的性格变得有些扭曲，直到高中时代住进集体宿舍，过上自由自在的生活，我才切实感到这一点。这种心情一直在发挥作用，顽强地安抚着我心灵的创伤，庇护着我孱弱的身子，却妨碍了我坦率地悲叹其悲伤、诚实地忍受当忍之寂寞，妨碍了我借助那坦率与诚实，以治愈悲伤与寂寞。很早以前我就经常体会到，常常因自幼失掉亲人之爱而自感耻辱这一习惯，导致我至今为止的人生都一片黯然，每逢这种时刻，我总是忍着，不出声叹惋，而转为静静沉浸在内心的悲哀之中。我时常不由自主地盯望着剧场或公园等各种场所，那些幸福的家庭中被爸爸妈妈、哥哥姐姐领在手里的孩子，以及其他同样可爱的孩子，不由得入迷了。我一发现自己沉醉其中，不能自拔，便会骂自己一声："傻瓜！"但随即又会觉得，就连责骂自己都不能称心如意。

正如我不知何时已把父亲的三四十张照片全弄丢了一般，我不必再受已逝亲人的约束了。对于自己身上到底有没有"孤儿根性"，我该反省一下了。

"自己确实具有美好的灵魂。"

这种暗自怀抱的心情，不必再受反省的折磨，我可以将其放逐蓝天，自由飞翔。凭借这种心情，二十岁的我来到满是拥有明媚人生的游人的广场，似乎渐渐拥有了接近幸福的感觉。哪怕只稍稍接触一下幸福，也会使我欣喜若狂。我问自己：

"这样行吗？"

"幼年和少年时代，没有过上该过的日子，所以如今可以像孩子般欢天喜地。"

要用这样的回答放过自己。不久，一种浩大的幸福将向我走来。看来那时，我要完全从"孤儿根性"中洗脱出来了。犹如一个长期住院终于病愈的患者，逃离病院后第一眼看到碧绿的原野，发觉盼望已久的人生终于来临了。

我改换了心境，又听到伯母的话语，一切似乎都在瞬间复活了。因为，凭我的直觉，因父母的死受到的那种伤痛，忽然救助了我，我立即想尝一尝菜籽油的油腥气了。而且，更为奇怪的是，我竟然可以吃它了。我买来菜籽油，用指头蘸了蘸，又舔了舔，不再敏感地觉出刺鼻的油腥气了。

"好吃，好吃。"我喊叫起来。

对于这种变化，可以做出种种考虑——抑或我一生下来就厌弃油腥气，同父母的死没有关系，现在由于打心眼里庆幸自己获得救赎，喜不自胜，终于不再介意。尽管如此，我还是更想坚持另一种缘由：父母双亡引起的忧伤之心，蓦然寄宿到了佛前灯火中，我开始憎恨油，从而将那油泼到庭院里。长大后，虽然这一因果被我忘却，但我依旧憎恨着油。再后来，因为听了关于父母的往事，便偶然将原因及结果合为一体了。

"在油这件事上，我得救了。"

我想将此明确为一个治愈冲击的事实去坚信。

幼年时代亲人的故去给予我的影响，直到我为人夫、为人父之时，以及被骨肉乡亲们包围的那一天，都不会消失。不断净化心灵也很重要，不过，我还是希望会有什么像这油一样，因一个飘然而逝的机会，一而再，再而三地于屈斜中拯救我的心灵。

具有一般人的健康身体，寿命久长，升华和

发展灵魂，完成自己终生的事业，此种希望愈加强化而具有活力。趁着油腥气引起的兴奋，微笑着为身体健康吞服鱼肝油，这种带油腥气的东西，我每天都要吃一些，甚至每吃一次，都会感到阴间的已故亲人对自己的保佑又加深了一层。

祖父去世也快十年了。

"多么明亮啊！"

我真想在亲人们灵前，一边说着，一边献上灿烂辉煌的百盏油灯啊！

大正十年（1921）

篝火

一

这座乡间市镇有许多家制造岐阜名产雨伞和灯笼的作坊，澄愿寺就是其一。这里没有建大门，朝仓站在路旁，越过寺内稀疏的绿树，向庭院里窥视，说道：

"道子在……她在，喏，站在那儿呢。"

我走到朝仓身边，挺直了腰杆。

"透过梅枝可以看到……她正帮和尚泥墙呢。"

我一时慌乱，连梅枝也分辨不出。然而，我发现有人正在用小小的木锨盛满和好的泥土，递给站在台板上的和尚。虽看不见道子的身影，但似乎有一滴清泉"啪嗒"滴落在我的心间，那和泥的人仿佛就是我自己。于是，我带着些微的羞愧与寂寥，向寺内走去。

我们从正殿正面登上新的木质楼梯，拉开崭新的障子门。这就是（呀，或许就是）道子的房间吗？里面只有一堆屋瓦。修缮中的正殿，空旷而轩敞，寂清又荒凉。墙内的竹条和木条裸露着，透过交错的竹条之间的网眼，可以看到外侧只是粗粗地涂着泥土，那些泥土中含有水分，黑乎乎的，使得室内显得寒森森的；仰头观看，上头是丝毫不加装饰的丑陋的顶棚内侧，倒是很高；地板上并排铺着不曾镶边的榻榻米，看上去就像柔道练习场的地面。我们和低矮的白木台上的佛像相对而坐。道子从东京带来的镜台被放在一个角落里，似乎摆错了地方，看上去很小。

道子赤脚踏着铺在厨房地板上的稻草苫子出来了，寒暄过后，她问道：

"去名古屋了吗？大家都在吗？"

"昨晚住在静冈，他们今天去名古屋，俊君和我不去，来了这里。"

朝仓与我预先商量好了，撒了个谎。半个月

内两次离开东京,拜访远在岐阜的道子,毕竟有些不大合适。我为了糊弄道子的养父母,便给道子写了信,说自己趁着到名古屋一带修学旅行,顺便来探望她。我们前一夜并没有住静冈的旅馆,而是吃了安眠药躺在火车里将就了一宿。我本想借助安眠药稍微睡一觉,第二天早晨的脸色就能好看些,但我脑子里一个劲儿盘算着明天起和道子在一起的每一天,此种幻想将我引向无尽的远方。

我反复做着同一种美梦,每一场梦对我来说都很新鲜。那些真正从修学旅行归来的女学生,甚至把报纸铺在火车的过道上,她们背靠着背,有的人的腮帮儿搭在身边少女的肩头,有的人的额头抵在膝盖的行李上……旅途中的疲倦睡相,宛若朵朵白花开放在车内。我醒来时看到车厢里全是少女,心想,我们不会侵占了女校的专车吧?少女们一旦入睡,其容颜愈加显得无忧无虑,看上去好似浮现出茫茫白色。道子尽管比这些少女们年少,脸上却不像她们这般充满稚气。然而,我只是一味悬想，较之散落于此的众多睡颜，道子要漂亮多了。乘车的是来自和歌山县和名古屋县的女学生，但总体来说，名古屋少女的头发更浓密些。我望向朝仓赞不绝口的一位少女，她的一侧面颊紧靠着另一位伏在车窗上入睡的少女的浑圆后背，那种睡姿、浓丽的眉眼和口唇，显得少女格外体态幽丽、天真烂漫，令人不忍久久凝视。于是，我闭上眼睛，在脑海里细致地描摹道子的面孔，心中焦灼不安。要是不能亲眼捕捉道子的倩影，就不可能看到我所渴望的明朗容颜。

眼下，坐在我面前，身穿破旧单层和服的道子，果真就是二十天来我朝思暮想的那个道子吗？我从与这一现实毫无关联的悬想中醒来，一时间略感惊异——我见到道子了，那巧笑不止的正是道子啊！我从令我深感头疼的幻想中挣脱出来，心情变得安然。而这位少女到底美还是不美，我对此失去了判断。因为最初的一眼，使我察觉到道子脸上的缺陷，那缺陷在我眼中被猝然放大了。这就是她的脸吗？还是个孩子啊！她腰肢细窄，跪坐在地上，膝盖往前伸展着，伸得很远，显得很不自然。同这个小孩子谈什么结婚，将这两者硬扯在一起，太滑稽了。比起刚才火车上看到的女学生，她只能算是个小得多的小孩子！

不一会儿，养母出现了。道子站起身来，我望着她的背影。腰带系出的结有一半翘棱棱的，显得很小，扁平的腰部一点也不稳健，上半身和下半身无力的连接，让她看上去既不像小姑娘，也不像女人，只是无端衬得她个儿很高。同时，与此极不协调的一双硕大的素足，在我眼里无限扩大，给我以重压，这是一双被使唤去泥墙的脚。

养母左眼的下眼皮下方有一颗大黑痣，那痣的轮廓使我初次见到就感到厌恶。

过了一阵子，我一抬头便望见了养父的身影，这使我感到十分意外。我的头脑里立即浮现出两个镜头：院政时代[1]的山法师[2]，以及身材高大的秃

---

1 院政指上皇或法皇在院厅执掌国政的政治形态，院政时代一般指代白河、鸟羽、后白河上皇实施院政的时代。

2 比睿山延历寺的僧人，特指僧兵。

头老妖。这位高大矫健的和尚，耳朵很聋。

这两个人究竟在哪些方面和道子是协调的呢？我本以为只要满怀好意，就可以真心对待任何人，然而我错了。我看着这两个人，感到希望有些落空了。我的座席被转移到镜台附近，开始上茶的时候，我也不知说什么好。而且，我无缘无故来到这个家，会使道子背叛、伤害他们二人，不是吗？幸好，朝仓扯着嗓门跟和尚说话，请他同我下围棋，这才解救了我。

"妞儿，把围棋盘拿过来……妞儿！"和尚呼喊道子。

"呀，好重，好重，好重！"

道子抱着似乎是由新木材制作的棋盘，跌跌撞撞地走来。

我下围棋时，道子在正殿后侧窗边，和朝仓站在一起。阴雨连绵的秋天，难得出现的阳光照耀着庭院里山茶的绿叶，清晰地描画出他们两人的身影。我强打精神落子，几天以来陶醉于思念道子的疲劳，蓦地涌上心头，半睡半醒间，我的攻势也就越来越弱了。

这时,酒席已经准备停当,作为一位不请自来的客人,在这种乡下看到前一日便已经备好的膳食,我不由再次自责起来。

"近来,岐阜有什么好看的吗?"

"哦,公园是知道的吧?还有柳濑,柳濑的菊花人偶展或许已经开始了吧,妞儿?"

"还有菊花人偶展?那我一定去看看。"朝仓不失时机地说道。

"柳濑在哪个方向?道子也许知道吧。"

"柳濑,怎么会不知道……哎,我知道。"

"那好,中午带我们一起去吧……公园这位也还未去过呢。"

朝仓专门陪我到岐阜来。他想把道子引出来,大声地为我编织各种谎言。

或许是头脑疲劳的缘故,稍吃一点东西就感到轻微恶心。幸好,饭后道子的养父母都离开了,只留下道子一人。我喝了一两杯酒,红着脸,肆无忌惮地躺在佛像前。

时雨[1]又下了起来。隔壁的伞店突然传来窸窸窣窣的响声——他们正忙着把晾在院子里的雨伞一一合拢。

道子拿出半年多前的《女学世界》[2]给我们看，真不愧是这座寺院的女儿。

"出去走走吧。"朝仓说。

"嗯，我跟师父说一声试试。"

道子站起来，随即把厢房内的和尚拉出来，又消失在佛像后。朝仓凑在我的耳畔说道：

"听说你给道子的信被发现啦！"

"哦！"

"好像道子读了一半就被和尚收走了……和尚很生气，这次我们来，据说只许道子待在家里玩，不准外出。"

"看到了那也没办法。唉，还是被看到了，看来不会让她出门啦。"

1　秋末冬初时节的雨。
2　1901年创刊的月刊杂志，面向女学生，介绍女子教育相关信息，1925年停刊，共350期。

我感到我的脸色变了。

"什么呀,没关系的。和尚心眼好,他虽这么说,一见到我们,也不会硬不许道子外出。他要是这么说,我来跟他谈。"

"我不知道信被看过,表情才能保持平静,先前不知道,反而帮了大忙。"

然而,一听说信被别人看过,我的心就一下子缩成了一团。这不就等于我在这座寺院铺上了一块针毡,还叫道子坐上去吗?我刚才还在嘲笑她那双"踩着针毡的素足"奇丑无比,我怎么这样没出息呢?坐在针毡上的道子在我心中浮现,她那明朗的容颜正看着我呢。

趁着到名古屋修学旅行,下月(十月)八日我会顺便去岐阜一趟。到时见面,务必就你的境况商量一下。在那之前,你好好待在家里,忍着性子,不要吵架。如果非要逃出家门到东京来,你就给我打电报,我去迎你。要是又一个人来东京,一定不要去别人家,先找朝仓或者我。这一点,请你千万、千万注意。看过这封信,就立即撕毁或烧掉。

这就是我写给道子的信,道子对养父母家的强烈不满,以及她对离家出走的幻想,终于第一次被养父发现了吧?可是,这样一个要强任性的养女,既然已经看透了她要出奔的心思,为什么还非得像握着一团火不撒手一般,一直把她留在家里呢?还有,我这个学仆[1],本是道子工作过的咖啡店的顾客,竟然不考虑后果,教唆人家养女干出忘恩负义的事,还想往人家女儿身上打主意,他肯定会觉得我可恶至极!

壁橱的金属环子咔嗒咔嗒地响,道子慌忙找出外出时系的腰带。我看着她,自己的倦容似乎暂时消失了。

道子的养父养母反复叮嘱我,如果今晚要住在岐阜,不要去旅馆,到他们家去,他们会等着

---

[1] 原文为"書生",指代在富贵人家一边读书一边做杂活的青少年。

的。

"那就住在家里吧，虽然简陋，但还是可以过夜的呀。"道子说道。她换上了一身斜纹哔叽和服，到院子里转了转，微笑着抬头仰望正在修缮中的正殿。

"这儿，"道子用雨伞指了指路边距离寺院不远的雨伞店，带着几分羞涩说道，"我在外头等着。"

她旋即又来到店门口，对老板说：

"给这位客人看看雨伞吧。"

随后，她又走进工场内部，一直跟着我们到账房。

"给这位东京的客人看看雨伞吧。"

"是你们家的客人吧？"伞店老板语调轻佻，大声嚷嚷道。

"哎，没错。他是东京来的呀！"

"那就只好便宜些啦！"

朝仓买了一把由当地名产美浓纸制作的雨伞。

"你是学生哥儿吧？这帽子是哪里产的？喏，给我瞧瞧，嗬——"老板摆弄着我的学生帽，觉得很稀奇。

刚走出伞店，不知为何，道子涨红了脸，她飞快从工场的工匠们面前穿过，到外面等待。对面一排雨伞工场的格子窗一侧，也站满了工匠，他们一起望着我们。朝仓半开雨伞，遮挡住面孔，脚步匆匆走了过去，道子也打开了雨伞。我不知道那些人在看什么，便走近离我有一段距离的道子，说道：

"喂，雨停啦！"

朝仓和道子装着仰望天空，收拢雨伞。

不一会儿，道子抄近路拐向小小的天满宫，不太耐寒的樱树的叶子纷纷落下，又仿佛含蕴着秋的微音醒来，沿着湿地飞跑，接着，又立即被风抛弃，静静死去。不久后，我们由寺院后的田间小路来到宽阔的大道。腿脚矫健的朝仓疾步如飞，道子落后了，我便和她走到了一起。女人唯有走在阳光下的道路上，其美色才会准确地裸露出来。我望着步行中的道子，这位姑娘好像一点体臭都没有，带着病态的白皙，快活地沉滞于底层，似乎始终凝望着自己内心的孤独。对于不习惯和女人一起走路的我来说，望着身高不同的对方，会让我的心情更加不快。道子趿着高齿木屐，走在布满沙石的路面，举步艰难。

"不能再快一些吗？是不是到了极限啦？"

"嗯。"

"喂，走得再慢些，她好像不能走太快啊。"

"是吗？"朝仓暂时放慢了脚步，然后，立即留下我们两个人，独自疾步前进。朝仓的暗示很明显，然而，我觉得有点太明显了。到达旅馆之前，我们信守诺言，朝仓和我谁也没跟道子把事情说出来，道子却突然发问：

"俊君多大了？"

"哎？二十三岁。"

"是吗？"道子说完便沉默不语。

朝仓在东海道线的高架桥等着我们。

"那里不是可以看到铁道口吗？每次走过那

个道口去办事,我总是看着开往东京的火车。"道子站在高架桥上,眺望远方。

在岐阜站乘坐电车前往长良川。在南岸旅馆的玄关,老板娘迎出来说道,由于最近的一场暴风雨,二楼和一楼的挡雨窗都坏了,所以暂时停业,这就是不吉利的前兆啊!

晃晃悠悠回来的路上,朝仓说道:

"到公园玩玩吧。"

"公园?去那里有什么意思……到河对岸的旅馆去吧,刮北风了,对岸反而更好些。"

四五个赤裸的男人在河滩上弓着腰,为顶着急流逆水而上的船只拉纤,那姿势就像站在起跑线上准备赛跑。我们一边望着他们,一边朝桥头堡走去。道子用寂寞、低沉的嗓音问道:

"您要怎么样呢?"

这句话在我听来很不自然,容易错误地理解为"您想把我怎么样"。一个十六岁、尚未见过世面的小姑娘,我会把她怎么样呢?我不是正在让命系此处的道子,活生生的道子,成为脱离那联结得并不紧密的血脉的人偶,跳跃于空想的世界吗?莫非这就是恋情?结婚不过是美其名曰,它的本质不就是通过扼杀一位女子使我的幻想复活吗?

"您要怎么样呢?"这句悲戚的话语,听起来宛若一件东西被打碎了。让纯真、好胜、光洁闪亮的道子,作为没有阴霾与重量之物,轻捷地飞翔于自由的蓝天,不管恋不恋爱,结不结婚,这都是我的祈愿。

我们走过长良桥,时雨无声地洒落在急流上。

我们入住了楼上面向河流的八叠房间,眼界明亮而开阔。来到走廊上,河水上下游一览无余。太岸金华山的绿树之间雨雾空蒙,浮泛着些微的白色,仿古城楼建造的三层楼的天主阁在山顶显露出来。刚才纤夫们拉的船已经向上游驶去,那远景令人心旷神怡。

"小姐,洗澡水烧好了吗?岐阜的照相馆哪家好呢?"我向旅馆的侍女提出一系列问题。

"眼下客人少,洗澡水要到傍晚才烧呢,照相馆我去问问账房。"

"咳，何时才能入浴啊？洗澡水烧热了，立马告诉我一声。"

没有洗澡水，我的计划全乱套了。我早就想好了，只有我和朝仓在旅馆里轮流入浴时，我们才可能分别同道子待在一起。在车站前的旅馆吃早饭时，我就和朝仓商量好了。

"你先跟她谈吧。"

"啊，可以。"

"不，还是我先跟她谈更好。"

"我先谈后谈都没有关系，还是看你方便吧。"

"在我和她谈之前，你不要先对道子透露什么啊。"

"嗯，我不说。"

那么，直到傍晚可以入浴前，这段空闲时间该怎么处理？现在是十月初，房间里还没设火钵。打算提出要和道子结婚的我，现在正和道子坐在一起，心里却一直在想火钵。玩扑克的时候，道子的手渐渐发软了。偶尔一笑，也显得死气沉沉。

"道子，你生病了吗？"

"没有。"

"你的脸色很不好啊。"

"是吗？不过我没什么呀。"她娇弱地回答着我。

看着她的面孔，如此焦灼地盼着时间流逝，我又有些气馁，甚至想不等入浴了，干脆撂下一直等着我说些什么的道子回东京算了。我问了侍女两三遍洗澡水的事，又害怕水真的烧好。

"洗澡水烧好了，让您久等啦！"侍女在走廊上双手扶地，笑着说。

犹如被命运的鞭子抽打，我战战兢兢望向朝仓。朝仓轻松地站起身子，拿出毛巾。

"朝仓，我先去吧。"我略显迟疑地说。

"啊。"他虽然这么回答我，却依旧慢腾腾地甩着毛巾走到廊上。

"两个人可以一起洗。"侍女说。

"那好，我们一起洗吧，你来呀。"

朝仓撂下这句话，走向通往浴场的楼梯。我

头脑中的一桩桩设想都崩塌了,只得慌慌张张直奔朝仓赶去,一阵羞耻让整颗心都失去了着落。

"你先去替我说吧。"我稍微放开了嗓门。

"我已经跟道子说过啦!"

"哎?什么时候说的?"我喊道。

"在寺院的时候就和她说了,来到这里后,趁着你不在的间隙,零零碎碎地也都说了。"

"怎么,你都说啦?我做梦也没想到。"

"既然你的信已经被发现了,要是道子她还是不能走出寺院,我们不是白从东京到这里跑一趟了吗?想到这里,趁着你与和尚下棋的时候,我叫出了道子,都对她说了。"

"那么,道子是怎么说的呢?"

"总之,她对你很有好感,但又说不能马上回话,要考虑考虑……刚才在电车里,我提议三人一起照张相,当时她说,好吧,那就照吧,看来大致没问题。等会儿入浴时再详谈吧。"

我发觉自己还伫立在楼梯口没下来,于是边说边迅速下了楼。

"那么,你是如何对道子说的呢?"

"'俊君很喜欢你,我认为这对你来说比什么都美好。再说,更重要的是,你同他十分般配。'"

般配,这个词突然使我羞愧难当。我从这个词中透彻地感受到了朝仓眼中的"我"是什么样子,这让我突然感到很没趣。道子刚强我纤弱,道子明朗我郁悒,道子热烈活跃,我孤寂沉静。不过,大凡有这样想法的人,都并不理解我,我对此很反感。

"'反正你不能老待在寺院,回老家吧,你也做不了一般的乡间农妇。一个女人家,到东京生活也不太容易,想指望身在大连的婶母,更是大错特错。凭你的心性,不能嫁到父母健在、兄弟姐妹众多的家庭。'这些我都跟她详细说了,这一点,道子自己也很清楚……"

"回话不回话,随她去吧。我也跟她说说看。"我说着,泡澡泡了不到两分钟,就匆匆忙忙擦干了身子。

"可以泡得再久一些嘛,时间这么短,太难为情啦。"

我登上楼梯,看到道子走出屋子,正站在另一侧的走廊上,呆然地扶着栏杆。

"哎,怎么啦?"

"啊,洗得好快呀,已经洗好了吗?"可她脸上却是和语气不符的另一副模样。

道子装作若无其事,半是硬绷出笑脸,向我走来。

"洗得好快呀。"

"乌鸦擩水一般快。"

话题扯远了,不行,我随便敷衍了一句,把毛巾晾在衣架上。这时,道子无声地坐在棋盘对面,目光茫然地落在膝头。我动了动身子,坐到她面前,她一眼也不瞧我。我也不再说什么,心情紧张地等着她。

"朝仓跟你说什么了吗?"

顷刻间,道子的脸上失去了生命的光艳,一转眼,仿佛又血液回流,变红润了。

"是的。"

我正想抽上一支烟，琥珀烟嘴硌得牙齿咔咔作响。

"那么，你是怎么想的呢？"

"我没有什么要说的。"

"啊？"

"我什么也不想说了，您能娶我，我感到很幸福。"

"幸福"这个词让我猝不及防，随之而来的惊讶震撼着我的良心。

"至于幸福不幸福嘛……"

我刚要开口，道子便用钢针般铿锵闪亮的嗓音打断了我：

"不，肯定是幸福的！"

我仿佛受到压抑，不再说话了。在这人世间，谁能知道什么是幸福，什么是不幸。今天的结婚，不知道是明天的喜悦还是悲伤，只能一味祈求快乐，梦想快乐。那么，用"明天的喜悦"能够换来"今天的结婚"吗？无形的幸福和看不透的明天，只有用于希望才显得真实，用于约定则成了谎言。

——然而，这些道理又有什么用呢？只要这姑娘打心眼里感到幸福，不就够了吗？她的梦想难道不该受到保护吗？——这姑娘，她认定同我结婚就是幸福！

"所以，暂时把我的户籍转到澄愿寺，然后您就可以来娶我，我会非常高兴。"

对我来说，谈论户籍比谈论感情纠葛轻松多了。我又和道子谈到了她和养父母的关系，虽说我早已有所耳闻。

"嗯，大连的婶母也说了，让我有合适的人家就出嫁。连其他和尚师父都跟我父亲说，闺女要是嫁人，他们会帮忙承办。总之，先把户籍转来，我只要说要走，他们就会放我的。其实像我这种人，对于他们来说，也许还是放走为好。"道子说着说着，沉下两个肩头，身子变得轻柔起来。

"你是知道的，我一无所有。你还有父亲……"我童年时代便失去亲人，本想说，道子也是幼时即离开了家乡，但话到喉头又咽了回去。

"嗯，我很清楚呀。"

"如今你已没了归宿，不要以为我提出娶你是乘人之危……"

"怎么会呢，我不这么想。"

"今后，我写小说，靠写作……"

"噢，那很好呀，我还有什么可说的呢？"

我的言语无法表达一点感情，道子兀自伫立于远方，与以前我的幻想全然不同。一旦沉默，我宁静的心，就会变得清澄如水，哗哗向远方流淌而去。我几乎昏昏欲睡了。我望着道子，心想，这姑娘同我订婚了！就是她呀，我珍爱地看着她，像睁大眼睛的孩子那样感到惊奇的快乐。真是奇妙无比啊！我的遥远过去，似乎又沐浴着新的阳光，轻轻地蹭着我，向我撒娇道："看呀，看呀！"不知为何，总感觉和我这样的人订婚，盲目的道子太可怜了。枉然，婚约或是一种无聊的枉然。我蓦地看到两只堕入广阔深渊的火球。不知何故，世界万物仿佛都化为无声的小小远景。

"澡堂空啦。"侍女说道。她是来报告朝仓已经沐浴完毕的。

"你去洗个澡吧。"我站起来，把我搭在衣架上的湿毛巾递给道子，她老老实实接过去，走出房间。

道子洗完澡回来时，朝仓已经不在房间里了。她没有看我，摸索了一阵提包，拉开障子门，到走廊上去了。我想，她可能不好意思在房间里化妆，便不再瞧她。过了一会儿，电灯亮了，我到走廊上，只见道子面向河水，脸孔抵着栏杆，两手捂着眼睛。啊，原来如此。她在偷偷哭泣！她的心情也传给了我。被我发现后，她立即离开，回到房间里。她眼泡红肿，显得很娇弱，微笑着，似乎随时会向我依偎过来，这是我预料中的表情。

这时，朝仓回来了，晚饭也送过来了。

道子的面容焕然一新。浴场里没有胭脂和白粉，她也没拿任何东西到走廊上去，但她自早晨起便显得青黄的皮肤已经变白，面颊更似初染潮红，看起来活泼而富有朝气。病人变成了少女——

或许在寺院时,她听了朝仓的话,便一直记挂在心里,才变得面色沉滞吧?一准备走出寺院,她就将未曾打理过的头发,用热水洗涤一番,再梳妆整齐,眉眼口唇都显得轮廓清晰,但总带些迷惘的神色。

晚饭后,朝仓和道子在走廊上,一边眺望暮色渐浓的河水,一边聊着家常,我怀着饱满的感情躺倒了。

"出来一下吧。"朝仓喊道。道子站起身,我便坐到她的藤椅上。白浪低伏的河水对岸,郊外的灯光幽远凄迷,道子自言自语道:

"马年作祟啊。"

她是指自己在丙午年出生,想起过去的日子,想于此寻找新的自我。——丙午二八[1]少女,"丙午"这一来自古老日本传说的虚饰,是多么刺激我啊!

道子说个没完,像娇宝宝手里挥舞的"滴滴

---

[1] 按照旧时的干支纪年,迷信者认为,丙午年多火灾,出生于丙午年的女孩,脾气火暴,婚后克夫。二八,即指女子十六岁。

金儿"烟花一样，不住爆出火花。

"哎，那篝火本是鱼鹰船上的啊！"我喊道。

"啊呀，那的确是鱼鹰船啊！"

"看样子要往这里来呢。"

"是的是的，要打这里经过。"

金华山山麓的暗夜，漂浮着点点篝火。

"没想到能看见鱼鹰捕鱼。"

"六艘，七艘。"

篝火穿过湍急的河水，迅速流到我们身边，已经可以看清黝黑的船体了。最先看到的是闪亮的火焰，接着是鱼鹰师，还有船夫。舟楫咚咚地叩打着船舷，船夫阵阵吆喝不停，燃烧火把的声音毕毕剥剥个不停。渔船顺流而下，驶向旅馆所在的河岸，船速很快，我们很快便立于篝火之中。船舷上黑色的鱼鹰骄傲地展开翅膀，有的倏忽钻进流水，有的潜隐于水底，有的漂浮于水上，还有的被鱼鹰师用右手捏住嘴巴，吐出小香鱼来……水上小小的黑色妖魔，动作轻捷，一只船上十六只，不知看哪一只好。鱼鹰师立于船首，通过手里的绳索,灵巧地操控着这些鱼鹰。船头的篝火照亮了河水,似乎从旅馆二楼就能看到那些小香鱼。

接着,我拥抱着熊熊燃烧的篝火,时时望着道子被熊熊火光映照的面孔,如此美丽的容颜,在道子的一生中很难出现第二次。

我们的旅馆位于下鸭饲这个地方。目送篝火流出长良桥畔后,我们三人离开了旅馆。我连帽子都没戴,朝仓连声招呼都没打就在柳濑突然下车,好像在说:你们两个去吧。只剩我和道子,乘电车迅速通过灯火阑珊的城镇。

大正十三年(1924)

春景色

一

一

这是个晴天，竹林在风中摇曳着，打乱了他要描绘的风景。

他虽然已经合上了颜料箱，却并不想动画架。要等待前来山谷的人，自己身处的这座红漆剥落的谷川桥是最好的会面地点。

眼前，尽管竹林摇摆不定，但杉林却静止不动。晨光早早来到竹林，而杉林会先迎接夕阳。不过，现在是中午，中午是属于竹林的，竹叶像一群羽翼交飞的蜻蜓，同日光一起嬉笑玩乐。

那时，也有风和日光。

他静静凝望着竹叶和冬日阳光古典式的姗姗

共舞,早已忘掉画面被打乱带来的恼怒。洒在竹叶上的光亮,犹如通体透明的鱼儿,在他心中游动。

抵达这座山峡便会立即注意到,这里风景的特色就在于稀稀落落的竹林。那些清瘦的竹林,是山峡感情的妆容。

他见惯了京都近郊的"竹林千里",因此,竹林对他来说并不稀罕。然而,这座山里的竹林却如此清瘦、稀疏,且大都伫立于山脊上。假如把这座山谷比作海湾,那么竹林全都位于半岛的尖端。这么一想,从竹叶的震颤里恍惚能嗅到潮水的馨香。

竹林是这座山岭亲切的触角,浸染了这座山岭里染料坊的爱情。

"姐姐,是姐姐吗?"

他朝一位城里人打扮的女子高兴地喊道,那女子正沿着谷川岸边的石子路向下游走。

"你是不是千代子的姐姐呀?"

那女子迟疑地停住脚步,耸起双肩,接着就郑重地弯下腰,准备恭恭敬敬地打招呼。这时,他突然笑了，毫无顾忌地走过去，模仿西洋人的礼节，握住了她的手。

"我想，你一定会经过这座桥，因为只有这条路通向温泉旅馆。"

"姐姐"这个词突然就冒出来了，自己同她可是初次见面啊，至于和千代子结婚的事，不仅没有征求她的父母与姐姐的意见，甚至连个招呼都没打。这会儿，自己竟然如此肆无忌惮地走上前去了。

"请等一等。"

他又返回被丢在桥上不管的画架前，把画架夹在胳肢窝里，拖着画布走下来。颜料箱刚才就已经挎在肩膀上了。

"这里确实是风景如画。站在画一般的地方画画就是你的营生，真是极大的快乐啊。"姐夫用一般人的眼光，看看山景，又看看他和画布。

"这里的景色我很满意。每到河水冬枯的时节，不管哪里都是有意装饰起来的，反而无趣。这里的风景质朴素净，令人耳目一新，在日本，这样的地方很少见。"

他一边走着,一边折下一小枝梅花。

盛开的六瓣梅花,被他用指尖骨碌碌地旋转着。他停住手,梅花的雄蕊使他惊奇,这是他平生第一次看见梅花的雄蕊。它们一根根银弓般地翻开,小小的尖端正对着雌蕊抛撒花粉。透过花枝仰望蓝天,雄蕊的弓弩宛若新月,似乎正向着蓝天挽起。他莫名其妙地联想到浅草的团十郎铜像[1],这或许就是美的劲健与丑的劲健的对照吧。

他好像看到了一幅有关梅花的绘画,如今更感到眼界开阔了。

一位盲人按摩师和他们擦肩而过,三人回头看了看。盲人的手杖末端敲击着地面,摇摇晃晃地走到他们眼前,一步踏上桥板,把手杖扛在左肩膀上,右手撑着着栏杆,犹如乘坐地面的缆车一般刺溜滑过去了。

三个人惊呆了,接着哈哈大笑起来。

---

[1] 纪念近代歌舞伎"剧圣"九代目市川团十郎的铜像。

二

到了就寝的时候了。

星期六晚上,温泉旅馆的客人很多,姐姐夫妇没订到房间。即便把桌子和长火钵移到廊下,四叠半的房间里也只能铺下两张床铺。

女人和女人一组睡,男人和男人一组睡,还是两对夫妇各自分开睡呢?

他为床铺问题暗自犹疑,想看姐妹俩如何解决这个问题。他和千代子的姐姐和姐夫都是初次见面,姐姐夫妇倘若不同意妹妹这桩婚事,也可以借口说是不了解情况。

"我先睡了。"他抢先钻入右侧的床铺。

姐姐解开腰带,丝毫不避忌他,她没有绑细衣带,就那么垂着衣袂,抓住窗棂脱袜子,接着进入左侧的床铺。她当然不会进入他的床铺。

她的脖颈比千代子更白,躺卧下来,簪子上的珊瑚珠愈显美丽,酷似水滴。

千代子一言不发,极不自然地滑入姐姐的被

窝。由此，问题解决了。

"请见谅。"姐夫说着，钻到他身旁。

他害怕男人的肌肤，顽固地缩紧肩膀。四个人都不说话，显得很奇怪。

过了一会儿，姐姐不断向上拉扯被子。

"小千代，稍稍再靠近我些……这人好生奇怪，不知道得两男两女分开睡吗？"

姐夫大声笑着说：

"冷吗？"

"冷呀。"

"来，我给你焐焐身子，让我和小千代换一下吧。"

姐夫说罢，就若无其事地走向妻子的被窝。随后，眼瞅着千代子进入他的床铺。

"各取所需啊，找个身上冰冷的女人，真是倒了霉啦。"

大伙儿都笑了。

千代子咕嘟一声咽了口唾沫，鼻子抵在枕头上。他的下巴被她的秀发扑打着，他轻轻闭上眼睛。

"感谢姐夫。"

"不过,你们的老妈看了会更高兴啊!"

"这个恶棍!"姐姐娇滴滴地喊了一声。

千代子用力攥了一下他的手指,他关掉电灯,千代子拉过他的腕子枕在头下。

他的脑子里描绘起两张并排的床铺,接着是分别被抱住的姐妹的身子,多么美好的景象!

小小房间的暗夜,笼罩着濡湿的花香般的气息。他像植物一般呼吸着,羡慕起那柔软的女体。真想成为姐姐或妹妹,那该多么新鲜,多么令人因喜悦而浑身颤动不已啊!

他想起梅花的雄蕊。接着,谈起了团十郎铜像的故事。

"浅草的观音堂后面,不是有座团十郎的铜像吗?那是他演《暂》这出戏时的一个姿势,积蓄着满身的力气,双脚踏地。每当看到这座铜像,我就觉得他实在太痛苦了。人生百年,天天那样绷着一股劲儿,实在叫人遭不住,好同情团十郎啊!"

　　四人满意地笑了。至于他和千代子的婚事,谁都没有提。

三

　　旅馆里,一个四岁的小男孩看到红色的汽车,问千代子:

　　"小姐姐,这是定期班车吧?"

　　这是一种车体漆成红色的公共汽车。姐姐膝头放着一只竹筐,能从里面闻到鲜蘑菇的香气,她两颊到下巴的线条显得很沉静。

　　他在后头敲了敲赛璐珞材质的后窗,姐姐点了点头,同时,汽车发车了。

　　今天,车后绑着新轮胎,透过轮胎上方的后窗,可以看到姐姐在招手。

　　"是我忘了什么吗？——哦,是千代子的事吗？"她那摇来摇去的手似乎在说话。

山葵店的姑娘背着巨大的菜筐,从山葵水田里回来了。

她喊着口号,把背上的重物放在店里的地板上。店内的山葵被切去了叶子和根须,像牛栏里的碎稻草一般被散在地上。

汽车通过河下游模型般的白木桥。流逝的红色沿着国道走远了,仿佛吸附着广阔的山峡而去。

"我虽然讨厌红色,但远远看起来也很好。"

"姐姐啊,她老爱穿红色衣服。"

"不过,这次她是专为我们回来的。要乘马车吗?"

"乘马车去哪里?"

"去哪儿都行。"

马车旅馆在村外。

旅馆檐头的小鸟笼里,养着似乎是昨天刚捕获的两只绣眼儿,它们张开羽翅扑棱棱闹腾着。

"哎,买只绣眼儿吧。"

"要是见了马……"

千代子学着他的腔调:

"哎,买匹马吧。"

绣眼儿在靠近红梅枝头的笼子里鸣叫。

"是雄鸟!"

"你知道?"

"我知道。小时候,我在乡下的山里听惯了各种雄鸟雌鸟的啼鸣。"

故乡山峦的景象,对如今他的绘画的精神世界来说,只是没有任何关联的幻影。若要把故乡的山野描绘成幻影,他会将眼前的马粪绘入画面。

庭院里的空马车被卸掉了车辕,寂静地横在地面上。

今天也在刮风,红梅树的红色花瓣飘进了马厩,瞅一眼饲料桶,不用说,桶里漂满了花瓣。越过马厩,可以看到后面干枯的原野,那里很宽广。他一跃而下,在芒草上点着了火,是野火。火焰似游丝,留下黑色的痕迹,接着扩散开来。

"柳绿花红,柳绿花红。"

这是最近的流行语,千代子立即跟着他说:

"柳也不绿,花也不红。小心,再小心。"

不知何时扔掉的火柴盒在脚边喷出火来。

四

突然,大象和骆驼沿着村庄的国道走来了。

千代子走进山茶林里采了一朵山茶花,刚刚踏上国道,鼻尖就差点触到了庞大的动物。

"啊呀!"她大叫一声,几乎把他推倒在山茶树林里。她一把抓住他的袖筒,滴溜绕到他背后。

大象不时甩动着教师的皮鞭似的尾巴,而骆驼则每走上两三步,就要像古代的武将般抬起头来。

大象的前脚好似乡间女儿一般羞怯,行走时向内收;而后脚却像鸟居,撒尿时会往两边叉开。

"啊。"

千代子躲在他背后,移开了目光。那是一头

大公象。孩子们各自呼喊着向路边退避。

"哎呀,瞧那山茶花。"

红红的花朵浮在尿里,那是千代子惊吓时丢弃的山茶花。她噘起嘴唇,眼角上挑,认真地凝视着那只花船。

他想跨上那头双峰驼,骑在双峰之间,他总觉得那富有色情意味。

"太古的旅人啊。"

"象和骆驼的脚步,让人觉得它们仿佛穿着古老的草鞋在行进。"

"可是,谁会相信象和骆驼比马跑得快呢?"

"嗯,不过要是亲眼看过它们跑,就知道它们天生一副快脚板了。这些动物是远古时代的遗留,在远古世界的人们眼里,或许就有一种行动快速的姿态。当今的人们也一样,总是摆出一副比骆驼还要快的架势。"

"就像那猴子啊。"

一只小猴子得意扬扬地坐在象背上,活像一个可怜的干瘪老太婆,安安稳稳地坐在那里。

"看样子,就连佛祖也可以安心前往极乐世界了。"

"为什么?佛祖不就是极乐世界的主宰吗?"

"佛祖说过,乌鸦与猫头鹰共栖一树,相亲相爱之时,予始入涅槃。蛇、鼠与狼同住一穴,亲如兄弟之顷,始入寂。你看那象和猴子多么亲密啊。"

"象和猴子关系不好吗?"

"这个嘛。"

然而,山丘般隆起的象背那孩子般的曲线,实在显得健硕又丰满。

"喏,"千代子从后头拽了一下他的羽织,"好长啊!"

骆驼伸长了脖子,嘴巴凑到荞麦田旁的一簇瑞香花前。

"它能闻到瑞香的香味吗?"

那簇瑞香花还都是骨朵。总之,它那U形的脖子突然伸长,变成了斜线,那条线突然显得很美观,看起来长长的。

"那骆驼一副开悟的面孔,摆出圣人长者的派头……"

"你还是从孩子的立场看它为好。"

"山羊爷爷。"

"你只注意到下巴上的胡子。"

而且,骆驼还有一绺鹦鹉羽冠般短俏的刘海。

象的鼻子能像尺蠖一样自由伸缩,又能像绦虫一般随意翻卷,还很像动物学教科书上绦虫的头。鼻子上卷,可以看到赤贝似的嘴,嘴唇一直在动,仿佛平静的大海,不住舔舐着平滑的岩石,又不时像蜗牛一般吸住不动。

骆驼用口唇吃草。

"象的眼睛不讨喜,骆驼嘛,好得多,一副柔和的老好人的样子。象的眼睛很阴险。"

象用灰色团扇般的耳朵扇着面颊,那是不凉爽的面颊,看上去就像不长骨头的腿穿着肥大的旧裤子。

"是巡回马戏团吧?"

"或许是的。"

"是马戏团，没错。"

他和千代子不由得和孩子、村民一起，陪伴大象沿着国道前行。

一条小狗用充满稚气的表情仰头看着大象，噔噔噔地跑着跟上来。

"可能是要去海港吧。因为不能乘货车，所以只能让它们走路。"

象伸长鼻子，把木炭包从木炭铺的屋檐上拽下来，又轻松地把路边的合欢树连根拔起。

"哎呀，它不是想吃，而是瞧合欢树不顺眼啊。"

南边净是山峦。到达岭口的道路约有十四五公里长，到达港町的约有四十四公里长。山上的积雪已经消融，鹿群应该正在透过树丛，窥视着翻山越岭的庞大动物吧。

象的屁股宛若布袋子一般鼓鼓囊囊地下垂着，走路的样子仿佛正被眠神背负着，慢慢腾腾，搅浑了竹园内的日光。

"何时回来呢?回来时一定也走这条路啊!"

千代子看上去就像在讲述密友的故事。

五

千代子提着颜料箱和瓶子跟在他后头,朝着漆成红色的木板桥走来。

瓶子是汽水的瓶子,向旅馆要来的,用于洗涤画笔。千代子把黑色的发带系在瓶口,每当洗笔的水浑浊了,她就拎着瓶子到谷川汲水。她向对岸的山茶花投掷小石子,没能把花朵打落。

杉林笼罩在胶褐色的黑暗里,已经可以微微看到光亮了。

"杉树的花粉飘散的时候像沙烟,要在那之前完成这幅画。"

"呀,好自在啊,可到那时不全都变色了吗?"

"颜料有的是。"

他就是这样眺望着这片风景。

杉树一直高高立在那里，然而，他并非喜爱树干的高大。如今的他，并不满意那高大的忧郁，因此，他的风景画从杉林的一角开始，就已毁弃了写实。

他本来想把杉林画得像草丛一样低矮，犹如笔头菜，以此画出明朗的画面。但后来他想，这样是不行的。

他发现应该从日光的阴影里眺望，而不能只看阳光普照的表面。竹叶和阳光古典式的轻舞，只有在日影里才看得到。只有把竹叶一片一片地展现出来，才能描画出竹子的美丽。

不过，比起日本画中的竹林，他又由这片美丽的日光微波联想到西洋油画，想起那描绘嫩绿树木和沉静海面的印象派，想起那溢满森林和大海的丰沛阳光。

不，除了油画，他还想起音乐——日本的乐器，琴、尺八……

"哎呀，尺八不就是竹子做的吗？真糊涂。"

他不停地大笑起来。

竹叶未使阳光闪闪跳动之时,也适合在日影里观看。微薄的阳光透过竹叶,那情景很可人意。

然而,他的风景画,必须同这山谷里染料坊的爱情战斗,仅仅陶醉于竹林寂寞的明朗中是最幼稚的行为。但画竹林比画杉林更难。

眼前桥头的梅树,向谷川倾斜着身子,就像玻璃窗的窗棂般控制着风景,为了将他束缚在写实之中,极力起到风景测量器的作用。

梅花盛开了,但在他的速写里被一概抹杀。作为风景画中的前景,高大的梅花像一只妖怪,对他这个风景画家来说,这种情况并不少见。离眼睛太近之物,看起来都像巨大的妖怪。

他不看近处的梅花,只看远方的竹林和杉林。在他的眼睛里,梅花就像烟雾,不久便消失了。或许因为他曾惊叹于梅花的雄蕊吧,他有时会猝然想起:

"消失到哪儿去了呢?"

梅花不是如烟雾一般渗入他的内心了吗?若是这样,描绘竹林与杉林风景的,便不是他而是梅树，对吗？与其把这幅画命名为"有竹林与杉林的风景"，不如命名为"梅树"，这样更为恰当，不是吗？

"哎，无论谁看了我的绘画，都不会想到这风景中曾有象和骆驼穿行。"

"那就附上说明吧。"

"'象和骆驼穿行的梅花画'——有了这个题名，就明白无误了，"他一骨碌倒在草地上，"我瞎说的，这幅画完全是写实。哎，咱们回到东京，就举办婚礼吧。"

"那样的婚礼似乎就是为了解闷。"

"我很想画一幅人体画。"

千代子虽然不是女模特，但有一次，她在他的画室里找不到腰带了，只得在单层和服上，用他的布腰带缠了好几圈，才到街上的青菜店买萝卜。干脆就画千代子的那身打扮吧。

六

千代子嘎啦啦地推开高大的玻璃门,光脚跨过谷川浴场的门槛。

"擦干净的玻璃,看起来蓝晶晶的。"

"没有擦过呀。"她从衣袖里掏出一支新牙刷来。

"那支旧的扔掉算了。"他在浴场的廊缘上大声叫道:

"哎呀,这条手巾上的女人味很重哪!"

窗外飘来了树木的香气,那是河上游木材厂的木屑。

"讨厌,您错拿了我的手巾啦。"

换衣处传来千代子的高声喊叫。

也许她不想用他的手巾揩拭肌肤,所以把它像旗帜般展开,遮挡住身前,沿着石阶咚咚咚地跑了下来。成子苹果[1]一般的洁白乳房,今早不是

---

[1] 传说由一位名叫岛田成子的妇女培育的美味苹果。

微微发红了吗?

"奇怪。"他嘀咕一声,凝望着谷川布满石子的河滩。

"嗨,春天来啦。"

"唔。"她也朝窗外望去。

"我呀,正好新买了弦丝牙签[1],称得上是个好媳妇。"

他掬起手掌,肆无忌惮地和千代子打起水仗来了。

温泉的气味很浓重,其中似乎也有岩石的馨香。

日复一日,来谷川钓小鳟鱼的人越来越多了。

"三月咬衣穗儿"——千代子听过这句俗语,穿着褴褛的衣衫立于水中,许多小鳟鱼会咬住破烂的衣袂不放。春天可以钓到很多鳟鱼。她也和旅馆的伙计一起去钓鱼,然后将颜色鲜丽的各种

---

1 一种弓形带把手的洁齿用具。

红斑、紫斑和黄斑鱼摆在一起给人看。

"比你的调色盘好看多啦!"

村中的空地上临时搭建了一间屋子,那里正在上演女性歌舞伎[1]的表演。

"我邀请了京都的客人,一起去看看吧。"

"京都的客人?"

"今天才到。"

来的是一对年轻夫妇。那位妻子的肌肤温热湿润,纹理致密,总是渗出水雾般的细汗。

舞台上,身穿红色和服的女孩子遗出了小便,把舞台染红了,那红色中似乎有游丝飘起。就是那样的一个夜晚。

走出小屋,千代子突然握住他的手,悄声说:

"很潮湿吧。夫人用丈夫外套的袖子盖住火钵,一直拉着我的手藏在那下面焐着,从我进屋到离开,一直不肯放开。不是第一次见吗,你说怪不怪?"

---

[1] 全体演员都是女性的歌舞伎,又称游女歌舞伎,历史上曾遭禁止。

"没什么好奇怪的,你不是挺高兴的吗?"

杂技团来时,她也把他拉去了。

驯兽师牵来了猴子和狗,这位十八九岁的姑娘,一副人偶的模样,还能发出偶人的声音,叫狗倒立,走钢丝。看热闹的老婆子,突然大喊:

"我明白啦!我看到啦!停止。太可怜啦,不要叫狗去干那种事啦!"

姑娘像人偶一般哭丧着脸。

月夜归来,雨蛙鸣叫。

千代子从前段时间起,已经学会吹口哨模仿雨蛙的叫声。

他去观看春天的植物。

"把这个簪在你头上,和珊瑚珠并在一起。"

他摘下一粒桃叶珊瑚果,交给千代子。

冬日里,他曾多少次手捧鲜红的果实仔细观看啊!

三叉花开着鹅黄色筒形花瓣的日子里,为了让她观赏一下那无叶的灌木,他曾特意领她到山里走了一圈。

"这花从孕蕾到盛开,需要一个月。天冷时,花朵开在光秃秃的枝干上,可耐寒啦。"

马醉木的花朵看起来像小粒的白贝。

"握握看,像棉花一样柔软,真叫人吃惊。"

这种质朴的花丛太好了。然而,当木兰、彼岸樱和紫云英等大都市的繁花朵朵盛开之时,他的眼神就会迷乱起来,这种时候,他会想去深山的溪谷寻找款冬。

树木的嫩芽同样如此。红叶和扇骨木的红芽,柿子树的绿芽,都仿佛带着胎儿刚刚用过的洗澡水的颜色,这些对他来说都是奇迹。但是,山野的树木变作五颜六色之后,五天中总有一天,他就不想再去看风景了。

到那时,他就神情恍惚地瞧着房间的窗户。雄松的芽是铅笔,罗汉松的芽则像蜻蜓的翅膀在飞翔。

一天,他以为空中飞满了白粉蛾,实际上那是春雨。他回家拿雨伞。

不,他是来叫千代子的。

"哎,去看看竹林吧。"

竹林被雾一般的雨打湿了,犹如有着青青绒毛的羊群,垂着头,静静地睡眠、休息。

"多么安详的静寂。"他悄悄把手搭在千代子的肩膀上。

身边的水田里,三四十只刚刚钻出土地的青蛙浑身泥浆,它们弄错了季节,咕咕咕地鸣叫起来。

昭和二年(1927)—昭和五年(1930)

温泉旅馆

一

一

夏逝

一

她们像野兽，洁白的裸体爬来爬去。

一团团脂肪堆积出的迟钝裸体们，在昏黑氤氲的热气底下用膝头爬动，活像一群湿漉漉、黏糊糊的野兽，唯有肩膀的肌肉劲健地运动着，就像在干农活，不过，头上的黑发又像人——高贵的、悲哀的、水滴般的——何等鲜丽的人体啊！

阿泷扔掉刷帚，像跳木马一样猝然一跃，越过高窗，迅疾地跨过水沟，蹲下来对着溪流嘀咕道：

"秋天啦。"

"这是真正的秋风啊。入秋后静寂的避暑地，犹如船舶出海后的港口……"小雪走出浴场,身姿艳丽,也学起热恋中的城里女子说话的腔调。

"好神气啊,小矮人。"阿芳说着,用刷帚敲了一下她的腰杆。

"东京人从八月初就开始叫唤什么秋天啦,秋天啦,他们或许以为山里一年到头都在刮秋风哩。"

"要是我呀,阿芳,我要是那位小姐,会说得更动听呢。我会说:'那就像找不到婆家的老姑娘。'"

"不好意思,别看我这样,也曾经很风光地嫁过三次人哩,在你们这个年纪时也是有丈夫的。"

"这样的话,入秋静寂的避暑地,就像三进三出的回头女人。"小雪说着,朝河滩上跑去。

阿泷伸伸腰,依旧跨在小沟上,观察城里人的"秋天",可是——故乡的山脉只是漂浮在月亮里。她去到城镇时,从未想起过温泉村这条谷川的水声。月光透过栎树的叶缝漏下来,给五个月不曾游玩的她紧绷绷的腹部染上了斑马似的条纹。

阿芳把头伸出窗外。

"阿泷,你又犯老毛病了,那条河是洗涮餐具用的啊!"

"什么餐具?"

"水下还有香鱼槽[1],淘米不也在这里吗?"

"不是流走了吗?"

"这个贱货!"

然而,阿泷头也不回地问道:

"小雪会游泳吗?"说着,她握着小姑娘的腕子,渡过河面上的桥。小雪因裸体感到害羞,用力收缩着腹部,阿泷见了,"咚"地捅了一下她的脑袋。

"瞧你!"

"脚疼呀,光着脚呢!"

浴场里的女人自然都在说她俩的坏话。两人的头发粗壮丰茂,湿了以后更显乌黑。平素,别

---

[1] 把捕到的鱼虾圈在水中时用的竹篱或丝网。

的女人都觉得她俩具有天生的性感，两人还整个夏天都共享一条褥子，还有，她们今晚都上交了各自在八月里赚的钱。

"她俩一定瞒着账房，扣下自己赚的钱了，这下尝到了甜头，眼下两人又偷偷去商量了。"

"说不定，她们对平均分配不服气……"

其实，对于正当的"平均分配"，她们七人都是满肚子牢骚。自己也承认自己分得最少的农家姑娘阿时——只因她身子弱——特意从浴槽底下抬起头说：

"她们那号人和我们不同，一个原是肉店女佣，另一个在艺妓馆做过小保姆，自然会耍滑头的。"

阿泷把小雪抱起来，就像拎起一把青菜，走过桥对面的踏脚石。桥梁通向谷川的河心岛，岛上还建了亭子，成了旅馆的庭院。散乱的月光照射着河滩，泛起的光犹如一群溺水的银色候鸟。岩石的白色和对岸杉林秋虫的鸣叫混在一起，朝女子的裸体逼去。

浴槽似乎已经打扫完毕,传来小水桶撂在水泥地上的响声。阿泷在凉亭的柱子旁发现了烟花,小雪从百日红枝头扯下游客的泳衣,一脚蹬了进去。

"瞧,这么长,都到膝盖了。"

"男人的。"

剩下的女人都穿着睡衣过桥来了。要是平常,早就熟睡得像根棒子一样了。她们每晚两人结成一对,轮班打扫浴场,今晚七个人一起干完了。她们手里握着钱,就像身处狂欢节前夕,感到饥肠辘辘。讥笑穿着肥大的泳衣、梳着桃割髻[1]的小雪,回忆着夏天和男客们的种种约定,恶狠狠地数落着客人们的缺点。

接着,阿泷说道:

"阿时和阿谷不就干到明天为止吗?我们放烟花同她们告别吧。"

烟花濡湿了。

---

[1] 一种十六七岁少女的发型,把头发左右分开,于后脑上部结成两个圆环发髻。

"小雪,秋天,就像濡湿的烟花。"

这一次接连擦了十五六根火柴,一声爆响,火球穿过长满新叶的樱花树梢。

众皆欢呼,一起昂首望天。这时,她们看到晒台上吊着一个身穿浴衣的男子。旅馆主体顺着谷川河岸斜坡而建,与大门口的玄关处在同一水平线上,后院的晒台则稍高一些,需要跳起来才能上去。那个男人晃着两腿,终于攀住圆木柱子,笨拙地使劲向上爬。

"哦,那是鹤屋君嘛。"

"那人真是'病'得不轻。"

大家一阵哄笑,阿芳"嘘"的一声打手势止住,说道:

"走廊的门上了锁,他是从后院绕到这里的。"

男子疯了一般拼命拽挡雨窗,抬起两只手去卸,窗板"哗啦"一声,连同那人一起倒进女佣房间里。窗内漆黑一片,阿芳立即向桥那边跑去,女人们都慌忙离开了。阿泷对正在脱泳衣的小雪

说:

"别管她们,大家都记挂着钱包呢。"说罢,她猛地抱住对方的肩膀倒下了。

"还有烟花呢。"

河上游鸳鸯屋[1]的两个女人,摇晃着身子跳过岩石,偷偷来这座旅馆洗温泉澡,其后,男人们也跟着来了。阿泷甩下膝边的小雪,站起身来。

"畜牲,看我如何收拾这两个女的!"

二

阿泷家的庭院有一块波斯菊花园,园子里围着竹篱笆,里面养着鸡。长长的花茎杂乱地倒伏下来,沾满了泥土。房子独门独栋,离从村里的坟山上绵延而下的梯田很近,因此享受着充足的阳光和风。后院一直遮蔽着草屋屋顶的竹林时时

---

[1] 原文为"暧昧宿",即带有神秘色彩或供客人狎妓的旅馆。

摇荡着,就像一群游动的沙丁鱼,阿泷和她的母亲都不曾听过竹子窸窣的摩擦声。

阿泷打十三四岁起就能骑着裸马奔驰,她常常背着满满一筐鲜嫩的山葵,骑着裸马从山顶奔驰下来,宛若一阵绿色的晨风。

从十五六岁起,过年期间和夏季两个月,旅馆的女佣缺乏人手的时候,她总会来帮忙。她在浴场光着身子时,泡澡的男客都会马上变得寡言少语,那优美修长的手脚已经有了少女风韵,丰满艳丽。她就是一块白铁。

阿泷的肚子和她母亲的肚子,表现了两个女子的不同特征。母亲胡乱伸展着胳膊腿睡着后,阿泷总是一动不动地坐在那脂肪堆积的肥硕肚子前看着,随后突然"啪"的一声将嘴里积攒的唾沫吐在上面,接着才肯呼呼入睡。打从她们被父亲遗弃,母亲的这个肚子,总是凸现在阿泷眼里。

她的父亲住在同村的国道线上,和小老婆一起生活。路上碰到父亲,他总是问:

"你老妈好吗?"

"她倒头就睡。"说完,她总是急匆匆离去。

十六岁的阿泷驱使着马和母亲干农活。眼看到了插秧时节,要往稻田里灌水,母亲赶马耙地,耙子上只有稀稀落落几根耙齿。阿泷站在田畦望着这一切,有时会突然哗啦啦跳进水田,照着母亲的脸打上几巴掌。

"傻瓜,木耙都漂起来了呀,看到没有?"

母亲紧握木耙的把手,跌跌撞撞地走着,阿泷用胳膊肘把她推到一旁,夺过耙来。

"好好看着我!"

母亲单膝跪在泥田里,仰望着女儿,她对邻近水田里的人们说道:

"我呀,这回找了个可怕的丈夫,先前的丈夫倒是好得多。"

说罢,像大姑娘一样羞红了面孔。

夜里睡觉时,阿泷背对着母亲,母亲的脸孔则朝着她的脊背。

母亲扛着铁锹,跟在骑着裸马的女儿后面,一路小跑着回家了。洗衣煮饭,全由母亲一人承坦,越是被女儿残酷地驱使,她就越发容易忘掉丈夫,心跳也时常紊乱起来。她一想起丈夫便会精神恍惚,就会遭到女儿的毒打,她哭泣时,女儿就跑出家门。

"等等,阿泷,穿着一双掉底儿的草鞋很难看呀。"

母亲说着,紧跟上来,接着又急匆匆下地了。随着母亲的目光变得像猫儿一般柔和,女儿的眼睛也越来越像黑黝黝的豉母虫,光闪闪地流动着。

穿着和服的阿泷一来到旅馆的客厅,那高大的本躯似乎就会压得客人喘不过气来,然而,她那水灵灵的媚眼,又使客人深感惊讶。

十六岁那年岁暮,阿泷独自一人在旅馆里洗刷浴槽,这时,鸳鸯屋的女人们领来三个醉汉,从后门钻进来。

"是泷姑娘吗?让我们洗洗澡吧,那里没水啊。"

"都聚到热水池那边去了。"阿泷手里攥着刷帛，站在浴场一角，显得很拘谨。

浴场位于地下的一座石窟，巨大的浴槽被木板隔成三个区域，第一区域满溢的热水流向第二区域，因此，水温也是一处比一处低。

鸳鸯屋的女子一边在热水池里哗啦啦地洗去腥臭的白粉，一边高声议论阿泷的身体，而男人们暂时没有说话，只是一味陶醉于这位处女光裸的身子和动人的姿色。女人们露骨地在阿泷到底是不是成熟的女人这个问题上争论不休，男人们则细细体味着她们的话语，在阿泷的裸体上寻找根据。阿泷凭借自己的裸体感受到了男人们的眼神。

女人们单膝跪在男人们身后为他们搓背，其中一个女人说道：

"泷姑娘，你也来给剩下的一位搓搓背吧。"

阿泷仿佛吞下了一块石子，走过去跪在男人背后，他们像是对面山上银矿的工头。阿泷抚摸着发出矿石气味的健壮肩膀，手指不由颤抖起来。她蓦地合拢双膝，一股恶寒从脖子流贯全身，她连忙进入浴池。

两个女人怀着娼妓的恶意，颇为自豪地贱视这个毫无经验的良家女子，不断用恶言恶语羞辱阿泷。阿泷一直吊着两眼，目光炯炯有神。

其中一个男子穿上棉袍，轻轻拍着阿泷的肩膀：

"姑娘，跟我玩玩吧。"

"嗯？"

男子以为听到了应和，一下子抱住了她的香肩。

夜空落下温雪，河面上又呼呼刮起寒风。阿泷只穿了一件法兰绒睡衣，刚刚洗过的双脚紧紧贴在冰冷的岩石上，脚心透着严寒，大腿也冻得僵硬了。

"畜牲，畜牲！"她奋力高叫。河对岸山间的杉树林里，已经飘起雪雾。

起初，阿泷用两手捂住脸孔，过了一会儿，又把右手拇指含在嘴里，咬得咯咯作响，等到站起来一看，咬痕里已经流出了鲜血。

她迅速把右手藏进怀里，神思恍惚地站起来，正要哗啦一声打开相邻房间的隔扇——她知道隔壁的三个女人和男客都极力屏住了呼吸——却只是用手扶着隔扇：

"畜牲，畜牲！"

她在心里反复叫骂，瞧也不瞧刚才那个男人，出了后门，朝着通往鸳鸯屋的河岸小路而去。

走了不到一百米，就听到追她而来的两个男人激烈的脚步声，女人们在他们身后尖着嗓子大骂。阿泷胜利了！她突然像跌倒似的伏在河岸上，咕嘟咕嘟喝凉水，两眼随意看着光脚跑来的男人直喘白气，又继续喝水。

当晚，她回到家里，学着粗野的男人的动作，激烈地拥抱着母亲入眠。

三四个月后，已经是春季。一天晚上，阿泷从有她身高两倍高的悬崖上跳下来，扭伤了脚踝，住进镇上医院的第二天，她就流产了。十天后，她回到村里一看，父亲也回家了。她一脚踹倒母亲，又同父亲扭打了一阵子。

"真肮脏,趁女儿不在家干坏事。这种不干不净的家,谁愿意待下去!"当天,她就乘上公共汽车,再次回到镇上,去了一家肉铺当女佣。

今年夏天,七月末,她趁着肉铺生意正值淡季,又回到村里,在旅馆帮忙。因为两年前的那件事,阿泷不由得很想嘲弄一番那家鸳鸯屋的女人。

三

为了不让热气闷在屋里,浴场的后门和窗户无论冬夏都通宵敞开着。

鸳鸯屋的女人领着客人沿谷川河岸走来,从后门偷偷潜入温泉旅馆的室内浴场,已经是家常便饭。两年前的冬天也和现在一样。然而,对阿泷来说,冬天的裸体和夏天的裸体就是不一样。

"怎么,你还把湿漉漉的烟花握在手里不放?"阿淀走在木板桥上,对小雪说,"咱俩去洗温泉,挫挫那些女人的锐气。那些女人和小雪比,真是天上地下,这可是真话,小雪。只要给那些男人露露小雪漂亮的脸蛋儿,那帮女子就会欲哭无泪。"

"影响生意就不好啦。"

"哟,到底是艺妓馆的小用人。这不是男人的泳衣吧?不过,我一个人够了,你先回去睡觉吧。"

"房间里有鹤屋君呢。"

所谓"鹤屋君",就是这一带的日用品、化妆品批发商,月半和月末,每月两次巡回收取货款。他剃着寸头,留着络腮胡,一张黄褐色的胖脸。每逢喝醉酒,就疯狂地用筷子敲打碗盘,吵闹不休,然后睡上两三个小时。一觉醒来,就会千方百计——花九牛二虎之力攀登晒台。总之,他进女佣的房间才能睡着觉,甚至可以说是在肆无忌惮地"硬闯"。十年如一日,一月两次,几近撒娇,拼命向她们献殷勤。

但是,小雪还是个未谙世事的姑娘。

"那个醉汉,马上就会进入梦乡的呀。"即便阿泷那样劝她,她还是不听。

"好的,我在'川汤'等你。"

谷川边还有一处白木建造的简陋浴场,就像防火的值班小屋,称为"川汤"。

阿泷从室内浴场后门顺着石级跑下来,突然说了声:

"河水好冷啊!"随后一下子跳进热水池里。簪鸯屋的女人们躲避着飞溅的水花,向她打招呼:

"晚上好!"

"晚上好!"

阿泷把身子沉入水下,热水哗哗地溢了出来。

"我们借你家的温泉洗澡了。"

"是吗,还以为是我们的房客呢。"

两个客人都是学生模样。阿泷大胆地站在他们面前,两人只觉一阵暖风威压般吹过来。他们从水里出来,坐在浴池边缘,低着头。

"本该先打个招呼,原以为已经歇业了呢。"

"没关系,我也打算向阿笑姐借样东西哩。"

表示该向阿泷打招呼的是一位名叫阿清的女子，有着"黄瓜"这一绰号的她瘦得像根黄瓜，稍稍弓着背，面色青黄，经常生病卧床不起，喜欢小孩子，经常帮附近人家看守幼童。领着三四个孩子去公共浴场洗澡，逗孩子玩是她的乐趣。鸳鸯屋的女子中，只有阿清一人严格遵守同村里的约定——不接待当地男人。不消说，尽管是个外来户，既然在这个村子毁了身子，就要死在这个村子。她巴望她疼爱的那群孩子，会在自己的灵柩后排成长长的队伍为她送葬。此种愿望，是她卧病时每每在梦中描绘的幻景。

因此，对阿泷来说，只要见了阿清，就会马上感受到她身上冬日微弱阳光似的照耀，总会趁机说上几句心里话。

不过，那位叫阿笑的女子却对阿泷瞧也不瞧，只说了声"晚上好"，接着就像睡着了一样，沉默不语。浓黑的睫毛阴影遮挡着眼睛，厚厚的桃割髻，像涂了一层又黏又湿的发油，朝一侧歪斜着。白皙的蟠桃脸，笼罩在一片模糊而迂执的睡相之中,其中,唯有那干瘪的嘴唇和长长的睫毛,颇为鲜明地悄然而立,仿佛是另外一种生物。眉毛像原生的胎毛般乱蓬蓬的。耳朵、脖颈、手指,不论哪里,都显得十分柔软,让人只要看上一眼,就很想张嘴咬上一口。

说起阿笑,村里十多个酒馆女招待里,唯有她最伤风化。当地派出所的警察多次命令她离开这个村子,理由是村议员的儿子等人,都同她频繁往来。说她是天生的娼妓,一点也不过分。

尽管阿泷一直威严地瞪着阿笑,但阿笑依旧带着一副似乎仍陶醉于欢爱中的朦胧表情,从热水池里出来,坐在池子边缘。鼻涕虫般水淋淋的洁白如玉的肌肤,看不出骨头长在哪里,全身浑圆柔嫩,没有一点瑕疵,好似一只野兽,用蜗牛般自由伸缩的肥肉爬来爬去。阿泷心里突然袭来一股男人的欲望,真想在那洁白的肚皮上踹上几脚。

"借我一下手帕。"她的手猛地伸向阿笑的膝盖。

阿笑像鼻涕虫般蓦地缩紧身子,用胸脯遮挡小腹。一失去手帕的掩蔽,那洁白的皮肤上悄然露出一小片伤痕。

阿笑的耳根通红、亮丽,那红色自乳房扩展到腹部,一片浑红。阿泷眼瞅着她那一身非同一般的美丽血色,既满心嫉妒,又忍不住感到通体舒畅。

"我不会再随意借你的手帕了,已经染上毒了吧。"

过了一会儿,阿泷盯着"川汤"说道:

"小雪,那儿有两个又英俊又老实的学生哥儿,咱们到瀑布那边玩玩吧。"

小雪的两臂圈在浴池的水泥边缘,她从热水里抬起面颊,接着紧贴住两臂。

"哎呀,在睡觉啊,对了,你呀,要多多保重。"

阿泷回到旅馆,是在天亮时树干和河水泛白的时候。小雪依旧睡在"川汤",紧紧抱着两臂。她仿佛坚守着自己的贞操和道德。

四

小雪像母鸡爱惜屁股后的蛋壳一般爱惜她的《修身教科书》[1]的壳子,那壳子又像蛇蜕般可恶地贴附在她的身上。

在城市海滨的温泉街艺妓馆做过活儿的小雪,虽然同样梳着桃割髻,但脖根发际分明,十分性感,是个结合了雏妓的早熟和大海女儿的健康的小姑娘。红苹果似的面颊,鲜明的双眼皮下,又大又圆的眸子挑逗般地闪动着,谁看了都会觉得,"山乡宝贝"这个很少使用的山间古老词语在她身上鲜活了起来。

因此,在这温泉旅馆,各种男人都半真半假地想和她亲热,她也半真半假地巧而对之。只是她不像别的女人那样到处吹嘘这类事。一次,一个学生对她说:

"小雪,看你年纪轻轻,倒是很老成啊。"

---

1 一种日本旧制小学与初中的教科书。

听他口不择言,她便勃然变色道:

"胡说!不过是个书生,神气什么?你以为我在艺妓馆待过就……"她扔掉盘子,愤然而去。那个学生住了一个多月,她再没跟他说过一句话。

然而,轮到她和阿芳两人打扫浴场时,她就会故意打瞌睡。阿芳一用刷帚敲醒她,她就说:

"眼前好像有三个你……怎么,我就不能先睡?给你焐被窝不好吗?"

就这样,小雪也像个窑姐儿,受到全体女人的关爱,始终是一副明朗的表情。

"咦,好漂亮的围裙啊!"一次,一个女客瞧着小雪惊奇地说。

不知小雪何时何处搜集了这么多五颜六色的小布片,一律剪成三角形缝起来,做成一件漂亮的围裙。

她初来这家旅馆是在夏末,正值旅馆为客人缝制新棉袍的时节。在即将完成二十件棉袍时,小雪又把剩下的布片缝合在一起,制了一件同样花色的男式夹袄,说是送给弟弟的。

旅馆老板娘惊讶地夸了小雪一通，老板听了，说道：

"不可太大意了，当心那个小丫头。"

小雪还捡客人扔下的烟头，掐掉滤嘴攒着，攒得多了就取出其中的烟丝，用报纸包好，寄给家住港町的爷爷。

说起烟头，旅馆的老婆子，长年累月都会亲手把烟灰缸和火铲子里的烟头捡拾起来，一一掐掉滤嘴，放在大纸箱里存着。村里的老人来时，老婆子就拿出来给他们。老人们一边抽烟袋，一边唠家常，有的老爷子就是冲着这些烟丝来的。

不过，老婆子这个古老的爱好，却因为小雪戛然而止。

小雪的母亲——港町陪酒女出身的继母，每隔五六天就浓妆艳抹一番，领着小雪的弟弟来旅馆露个面。她到处讨好旅馆的人，还偷偷向小雪要钱。

小雪的父亲是雇工，每天都会来打杂。他住在邻村一家农民的库房里，睡在古旧的榻榻米上。

港町就在海港附近,位于海边的温泉街通往另一条温泉街的公路中途。爷爷总是一个人留在家里,等着孙女送烟丝和腌山葵来。

公共汽车绕过稍高的地岬,一片温润的颜色突然出现。海岸上连续不断的山茶花开得正旺,山上的柑橘也开始着色了。连接两者之间的大道径直通往下面的港湾,港湾里有三四十艘渔船,排列得整整齐齐。透过树林,可以窥见高大的瓦屋屋顶和仓库的白墙。港町街道风景秀丽,还不收町费,很难想象小雪一家贫苦百姓能住在这种模范村里。

小雪的母亲在生她弟弟的时候得了产后热,命保住了,但发疯了。白天,父亲和爷爷出外打工不在家,小雪瞅准母亲发病的间隙,悄悄把婴儿抱在母亲乳下。早上,父亲会把母亲的胳膊腿绑紧再走,小雪总是将那稻草绳子解开来。母亲四十天后就死了。

那年小雪十岁,上普通小学三年级。她每天背着婴儿上学,父亲爷爷的吃喝穿戴也都由她照料。她捡到了一只野狗喂养,这是她唯一的奢侈。每每半夜外出寻求能喂奶的人家,小狗忠实地跟在少女身后。

"我不愿跟小保姆坐在一起。"小雪身边的同学在教室里当场哭起来。

每当背后的婴儿啼哭,小雪就得离开教室。她还要利用课间的十分钟休息时间,外出给婴儿换尿布,求人喂奶。

尽管如此,小雪还是以第一名的成绩升入四年级,轰动了全校。升学典礼上,她依旧背着婴儿,走到校长面前领奖,同学们的家长看到后都哭了。小雪还听说,校长要拜托县知事奖励她。不过,孩子们——一些坏心眼的孩子,存心欺负一个弱女子,这是最难对付的事。四年级暑假一开始,小雪就退学了。

总之,小雪亲手把婴儿养到三岁,继母便进门了。但是,洗涮烹饪一切不变,仍由小雪一人承担。下田除草时,小雪背着小孩,继母揪住她的头发在泥田里打转。这种场面,附近的人每天都能看到。

"这个,这个,这个,还有这个,都是那时候留下的伤痕。"小雪曾泡在温泉旅馆的热水里,手指着自己的臂膀和前胸给人看,这些举动,简直就像一种巧妙的诱惑——当着男人的面,展示自己脱光的身子。如今,她谈起那些往事,有说有笑,既风流又浪荡。

可那时因为她太可怜了,温泉町的伯母就把她领了回去。在小学校长的反复督促下,县厅终于下了表彰通知。然而,那时小雪已经进了镇上的艺妓馆,父亲也到山里干活儿去了。

伯母的家,楼下是纸花店,楼上是艺妓馆。

"说是艺妓馆,而我在那里只是扎扎纸花,看看孩子罢了。"听她在温泉旅馆说的话,好像她一直严格遵循《修身教科书》的教导,不过这完全是谎言。其实,她是到处替别人拿三味线和换洗衣服的艺妓见习生。

因此,县厅的表彰不了了之。她的脸颊逐渐有了颜色,一双圆圆的眼眸不再忧戚无神,经常跑到客人身旁畅所欲言，眉飞色舞。她的脖颈逐渐显露白皙的情色，内里燃起了温暖的火焰。

然而，当她意识到自己也许会被强迫接客的时候，就立即离开了伯母家，或许当时她还没忘记"可能受表彰"那档子事。

小雪来到父亲打工的地方，继母却一反常态，对她亲热起来。

"我不管去哪里，都能一个人混饱肚子，谁愿意待在这种令人郁闷的家中？"

这是小雪在艺妓馆树起的自信，就算她自己没有意识到，但她认真盯着继母眼睛时，一定流露出了这番信念。继母碰了钉子，只好让她一步。小雪凭借这把新式武器壮了胆，她开始蔑视人生了，从身份上说，是向娼妓跨近了一步。

然而，少女的"人生蔑视"，其结局与"玉舆之梦"[1]无异。在这个世上，她一心想着向上爬，

---

1 意即贫贱女子婚后变得身份显赫。传说江户时代，菜店之女阿玉嫁给第三代将军德川家光为侧室，生第五代将军纲吉。纲吉成为将军后，阿玉的品级升至从一位（女官最高位）。此乃俗说，未必可信。

向上爬，怀着一份自己总能中选的自豪，不惜耍弄小聪明，越发轻狂起来。

再说阿泷，她对睡在"川汤"的小雪说道：

"对了，你呀，要多多保重。"这么一说，为她增加了可喜的身价，促使她越发珍重自己的身子，这"身价"和《修身教科书》合二为一的危险，就是她可憎的魅力。

对于前来旅馆的继母的亲热，小雪也同样巧妙地回赠她一番亲热。等母亲进入浴场洗澡，她便蹑手蹑脚跟过去瞧，然后对老板娘说：

"老板娘，别相信那个女人的话，她照旧打我弟弟。弟弟身上青一块紫一块，有五六处之多呢。"

从男客的甜言蜜语里，十六岁的小雪也能清晰地窥见那一道道蚯蚓般紫红的伤痕。

五

二百十日[1]，是可以看清烧炭的炊烟的晴天。红蜻蜓飞满谷川河面。

没想到二百十三日的一场风暴，使得电灯一开就灭了。女人们趁着天亮，关上挡雨窗，一同睡在女佣房间里。这时，旅馆掌柜披着雨衣，手捧烛台走来。阿泷接过烛台，对正透过挡雨板孔眼朝外窥视的阿时说道：

"小时，你用不着三番五次瞅外面，你该明白，这么大的雨根本不可能回家，赶快捧着烛台到二十六号去吧。"

大家听了一起拍手。阿时接过烛台，"噗"地一口吹灭烛火，坐在原地纹丝不动。

一众女佣本是七人，从九月二日起减为四人。只在夏季前来帮忙的姑娘们全都回家了，其中一个是旅馆老板的侄女，近视眼高子，刚从女校毕

---

[1] 立春后的第二百一十日，稻子扬花时节，据说这天常刮台风，故被农家看作"厄日"（灾害之日）。

业，正准备投考助产士学校。另外一位名叫阿谷，她从十四岁到十七岁一直在这家旅馆当女佣，因这里离家很近，所以旅馆一有事，她就会立即被喊来帮忙。阿谷品行严谨，熟悉旅馆杂务，很讨老婆子喜欢，听说她用在旅馆的收入备齐了嫁妆。还有一个就是农家女儿阿时。阿时今天一早来玩，不巧碰上了这场暴风雨。

大石头骨碌骨碌被冲走的响声在她们枕畔轰鸣。深更半夜，阿时嘎啦啦地打开女佣房间的栅栏门出去了，走廊里传来她擦火柴的声音。

"哇，万岁！"小雪爆炸似的大喊一声，猛地一转身滚过阿芳的肚子，紧紧抱住墙根的阿绢。

"好痒啊，小矮子，都是些骗子吗？真坏！"

"我懂阿时的心思，才叫她睡在门口的。"

阿芳说罢，小雪竖起一只膝盖晃动着，继续笑着说：

"所以说嘛，她那么纯真，实在可怜啊。"

"当地人嘛，小雪，你可要保密啊，否则会影响人家出嫁。"阿绢煞有介事地说。阿泷趁势顶了她一句：

"那又怎么样？也不会影响当老百姓，不像你拿那么多钱，单凭这一点，就比你强！"

"我？我什么时候拿钱啦？"阿绢说罢，摸黑爬过来，一把揪住阿泷。阿泷立马把她的两手拧在一起，说道：

"哼，所以你就迷上了那个人，是吗？"说着，把阿绢撞倒在地。

"有人在害单相思呢，凉透了的热酒，还是不喝为好。"

阿绢曾在东京艺妓町的梳头店打工，她想来旅馆干活儿攒一笔钱，然后再度回到艺妓町的梳头店，做梳头师傅的弟子，这是她的口头禅。她的头发梳成艺妓发型，一旦被客人们认可，就高兴地大吹一通。她肌肤黧黑，身个儿矮小。大凡有年轻的城里男客举办筵席，她总是想抢在别人前头，争取第一个出席。阿时钟情的那个男子，是巡回于各家旅馆描绘隔扇的江湖画家。阿时本是个双眼凹陷、表情迟钝的乡下姑娘，但凭着肌肤白净，在浴场内仿佛换了个人，格外美丽。

这年夏天，有个神经衰弱的学生只待了半个月就回去了，不管账房如何斥骂嘲笑，她还是一直泡在人家的房间里不肯离开。

暴风雨翌日，晒台上满是青绿的落叶，"川汤"的浴槽埋没在沙土之中。河岸边，通红的泥水蜿蜒流过岩石表面，一群孩子并排站在一起，各自手拿小网捞取被激流冲昏了的小鱼，一对江湖艺人母子正看着这一切。

岩石与岩石之间的板桥被水冲垮了，桥板一块不剩。当然，桥板都打了眼儿，穿了铁丝连在岸上，最终都被冲到岸边去了。

河水下落之后，也看不到一个诱钓[1]香鱼的人。女人们聚在测量师的房间内嬉戏，江湖画师专找没有客人入住的房间为隔扇作画。

那个寂寥的季节，村子里反而吵吵嚷嚷地热闹起来，总能听到人们高声谈话。

---

1 原文为"友钓"，把一条鱼穿在钓针上置于水中，令其游动，借此引诱其他鱼儿入网上钩。

一起在本村头号温泉旅馆做女佣的乡间女儿们相约一起休假了,村民们只好聚在阿泷她们所在的村中二号温泉旅馆,把头号温泉旅馆老板的往事,添油加醋地抖出来。

"那家伙偷偷把采矿师采来的含金量很高的矿石都换为自己所有,不是被人告了一状吗?"

"是啊是啊,那场官司不知怎么样啦。听说采矿师被炒了鱿鱼,那家伙却拿到了好几万现金。"

"那种骗术,真不知玩过多少回了。喏,上次狩鹿,大臣和高级军官在那里住了好一阵子,他就叫那些人挥毫题字。后来用自己的字顶替那些人的笔墨,制造一二十枚假货,说成那些达官贵人入住时留下的墨宝,随手卖掉了。老爷子自己本来写得一手好字,又有谁会不相信呢?据说他由此发了一笔横财。这类山间温泉旅馆,若只是守着本分规规矩矩经营,怎么赚大钱呢?这家温泉旅馆就是很好的证据。"

大家借着酒劲儿说道:

"干脆把那家的温泉堵死算啦!"

"等会儿就去推倒那里的房舍,把那家伙活埋在河滩上!"

把山间小路扩建为公路,最能受益的就是温泉旅馆,尽管如此,村中第一号旅馆却断然拒绝支付应该分担的工程费,于是,十名警察住进去,每日拉大弓。在他们还没有闹腾够之前,村中一直是平静的。

阿泷摸黑把走廊上的挡雨窗关紧,接着"哎呀"一声跳了起来——她踩在一枚大梧桐叶子上了。

不知为何,她不愿回镇里的肉店。

老板娘挺着七个月的大肚子,艰难地打扫厕所——只有这项活计,她不让女佣插手。她那个样子,看了总让人觉得有些不忍。

一个赌徒装扮的汉子住进旅馆,他每天为河上空房子的修缮工程做监工。一伙朝鲜建筑工人也搬进来了。

"喂,喂,他们带着锅碗瓢勺住进来啦。"阿绢跑来女佣房间说道。

身穿皱巴巴的白裤子,脚上套着布鞋的朝鲜妇女,背着一大包日用品,弓着腰走路。

河下游传来了火药爆炸的声响。

河上游古老的空房子被改建为小巧别致的妓馆了,令她们大吃一惊的是,阿绢去了那里。女人们也都被那个赌徒打扮的汉子死盯过,想起当时颇为诱人的那一大笔钱,她们又污言秽语地骂起阿绢来了。

一

秋深

一

房间里有夏季客人落下的十四五把扇子,她们把这些扇子拾掇在一起。

小雪有两把男人用的扇子,她用两手"啪啦"地打开,学着艺妓跳舞的样子,一本正经地抿着嘴跳起舞来了。

"可不是吗,要不是到这儿来,小雪早就成为艺妓啦。"仓吉背靠涂漆的旧式衣橱,单腿抱膝说道。

"那样,我就看不到小雪跳舞了。"

"我不会去当艺妓,那时我只是普通的小保姆啊。"小雪语调像在唱歌。仓吉也用眼睛追索着小雪的动作，拍着光腿啪嗒啪嗒地打拍子，小雪便开始合着他的凌乱节拍跳。她的小腿肚发热了，眼看着裙裾也乱飘起来，她摇摇晃晃想要转身，却早已坐到一叠堆得很高的坐垫上，背靠后面的衣橱。

"阿仓，我们就唱着《法界小调》[1]，走江湖卖艺去吧，怎么样？"

"什么《法界小调》，你可真是……"

"怎么不能……"小雪说罢，把右手的扇子扔到仓吉的肩膀上。

"我呀，不愿当艺妓才逃出来的。"

言外之意——谁会把你这个流浪汉放在眼里？即便蔑视别人时，小雪的目光也满是狐媚。她又开始用扇子遮着面颜跳舞了，仓吉微微笑着，捡起小雪扔过来的扇子拍着大腿。他就像一个四十岁的胖妇人，赤裸着肥白的大腿，还有那厚厚的嘴唇，通红的面颊。印着旅馆字号的便褂很

---

[1] 又称《长崎小调》，十九世纪末流行于长崎一带的乡间俚曲，后传至整个日本。

不合身，但令他看起来浑身劲健有力，像一头蠢笨的野兽。

打三四年前开始，每逢夏冬两季，温泉浴场繁忙的时节，仓吉都会不知从哪儿飘然而至。他回到这家旅馆，简直就像回到自己家——那会儿，正是宾客盈门的时节，哪里繁忙他就出现在哪里。旅馆因为人手不足，就叫他去厨房做饭做菜，还让他负责迎送客人，他就这样留在了旅馆里。所以，一到这个时节，旅馆的人就会不由自主地念叨起来：

"今年，阿仓也快来了吧？"

那个繁忙的夏季，旅馆老板的远房亲戚加代姑娘前来帮忙。入秋第一天，空闲的屋子已经多了起来，每天晚上，仓吉都要和加代一起到处转悠，关闭挡雨窗。半夜里，两人曾一起去过"川汤"。

就这样，即使已经被旅馆赶走，过年时只要若无其事地跑回来，人们无意间又会派他干这干那。

谁知，三个月之后，春天里，他给十六岁的少女小雪写了封信，是从镇上寿司店寄来的。信中的口气就像气象预报员，述说了他从那里的女人身上染病后的模样。

不久，到了夏天，他又回到旅馆。秋天，他只跟小雪一起走动，帮她关挡雨窗，冲洗浴室，整理客人的床铺，此外，还充当她的观众，看她在艺妓馆学的舞蹈。

然而，阿泷却在这时一头闯进"舞场"。

"喂，小雪，你脚底下当心！别跳坏了榻榻米，已经有点破啦。"

"什么呀，阿仓说了，他想多吸点灰尘，尝尝都市的味道。"

"是啊，是啊。我讨厌那些坐着不动的学生，净使唤别人打扫房间，自己只顾盯着看。你要是叫他走开，他就会说，有时吸点尘埃也好啊，山里的空气太洁净了，这才是都市的味道。这时，小雪正巧走来擦洗走廊，这个坏姑娘说得可好啊，她问：'那这桶里的脏水是什么味道？'不过，阿今,我看你美滋滋地一直盯着小雪,你到底尝到了什么味道呢?"

"这个人啊,想用这个手法讨人欢心,真傻。"小雪说着,又突然把剩下的扇子甩到仓吉的膝盖上。

"这期间他都说过十五遍了,说小雪是会跳舞的。"

"我说小雪,要是头一个就被这种人盯上,那可是女人一生的耻辱,你让他排到第十五个吧。"

仓吉依旧是一副似笑非笑的表情站了起来。

"哎,老板娘叫你打扫晒台呢。"

"晒台?"小雪打开障子门瞅了瞅,"哎呀哎呀,好多树叶。"

晒台上黄澄澄的,不,是满地绿叶啊,原来昨夜也刮了一场秋风。

晒台就在她们房间的窗户外。

她们屋里的大衣橱,黑漆里闪现出硕大的桐木家徽纹章,壶把形的圆把手已经锈迹斑斑。过去的农家用具也用来放置洗过的衣物、客人的夏装和床单。十叠房间的各个角落,堆放着房客的被褥和坐垫等物。女人们的包袱连同布片和空盒子一块儿塞满了抽屉。破旧的镜台、香皂盒子做的化妆盒、古老的三味线、破阳伞……衣橱顶和钉在墙上的架子上的东西满满登登,一概找不到主儿。如今开始缝制冬季的棉袍了,线头和奶糖纸撒满古旧的榻榻米,地上的剪刀闪着光亮。

扫罢落叶,她们从晒台跳进房间,厨师吾八盘腿坐在那里,右手一张一张翻看着左手中的彩色纸牌。

"那东西谁还顾得到啊,忙着呢。"阿泷说着坐下来,拾起缝衣针。

"不,我闲下来了。"

"你的店眼看就要开张了吧?"

"不,没弄好,失败啦!"

"失败啦?所以你被赶出来了?"

"那倒不是,我已经不愿再干了。我本不愿再提,就是这个。"吾八说罢,从围兜里扔来一样东西,阿泷拾了起来。

"这是什么?这不是干鲣鱼的尾巴[1]吗?"

"是啊,今早打开行李时看到的。看样子,新的干鱼被人调换了。"

"你的意思是,有人在干鱼上使了坏,对吗?嗯,我懂了,是阿芳这个畜牲,那婆子有这个毛病,经常打开别人的行李偷看。"

"阿芳看到,就拿给老婆子了。据阿芳说,老婆子当时也在削鲣鱼,看到后顺手把鱼尾交给阿芳,吩咐说:'把这个拿去换新的来。'我知道这件事后,再也忍不住啦。"

"不就是一条鱼吗?"小雪的双手从吾八身后伸过来,搭在他的肩膀上。

"账房和阿芳都瞒着我不说。"

"真无聊,他们不说,吾八君你也装作不知道算了。唉,真可气,"小雪摇摇吾八的肩膀,"你这么小心眼儿,还能在这世上混下去吗?"

"她算什么,小矮子!吾八君可不能咽下这口

---

[1] 刨制鲣鱼干时,干鱼尾巴处的肉最难削,削出的鱼干质量亦欠佳,亦逊于鱼身。

气。"

说罢,阿泷走出屋子,到厨房抓住阿芳前胸的衣服,一溜烟拖到廊下,来到吾八面前,"给你!"说罢一把推给了他。看到吾八犯起犹豫,阿泷又把阿芳拽到玄关,两手扼住她的脖子,使劲按在地上。

"畜牲,畜牲!你给我滚出去!"阿泷脚上套着白布袜子,狠狠踩在阿芳的肚子上。阿芳只是翻了个身,没有吭声。

"唉!"仓吉猛地推了一把阿泷,阿泷摇晃着身子,撞在放木屐的柜子上。

"你想干什么?你们结成一伙,想夺走吾八君的饭碗吗?"阿泷骂道。

接着,她盯着仓吉的脸瞧了一会儿,骂了声"畜牲",低头猛地撞过去,瞅准仓吉的胸脯咬住不放。

二

　　日本建筑工人比朝鲜建筑工人大约晚住进来一周，监工租住在女人们宿舍外的厢房内。

　　专门招待镇上大兵的两个女子，也进了邻近的鸳鸯屋。同时，阿笑被提拔到了河上游的新馆，身价陡升三倍。而工程开始后不到五天，阿清又卧床不起了。

　　阿清的病很快被村里人觉察到了。打从这年夏天开始，她就天天背着鸳鸯屋吃奶的幼儿，领着四岁女孩的小手，登上河谷，去往国道一侧的村庄。走向国道的路上，总有三四个幼儿一同过来抓住她的衣袂。阿清手里领着孩子，一张白皙的鹅蛋脸，清爽的银杏髻[1]。她那孤单温柔的身影，总引得路人先跟她打招呼。即使经常病卧不起，又或许正是这个缘故，她的头发也总是整整齐齐，没有一根乱发。她胆小怕事，沉默寡言，可孩子

---

[1] 把头发分成两半，于左右绾成螺旋状的髻，多见于中年妇女。

们都很喜欢她。人们觉得奇怪，她和孩子都说了些什么呢？

正因为有这些孩子——鸳鸯屋的孩子都不愿离开她的枕畔——所以即便她卧病不起，也还没有被赶走了事。但出于长年的生活习惯，一旦男人们蜂拥而至，阿清就吵闹不休，老是安不下心来。

"也许没等修好公路，自己就被杀了。"她虽然这么想，却像过节前马戏团的姑娘一般，一副生机勃勃的样子。但另一方面，她又不时习惯性地幻想自己的葬礼——她一手抚养长大的孩子们，在她的灵柩后排成长长的队伍，登上山间墓地。

在这座山间温泉"定居"的阿清，和河上游新馆的老板，形成微妙的对照。他似乎辗转于有土木建筑工程的各个地方，每到一地就在那里经营皮肉生意，温泉旅馆的住客还穿夏衣时，他就穿上棉袍了。

村里的姑娘见到他，就像遇到以往的人贩子，尽量躲避他。

但是，建筑工人们只能越过庭院的树木远望温泉旅馆的二楼，这里实在太高雅太尊贵了。

江湖画师绘制完全部隔扇后，乘上马车翻山而去。他似乎是瞒着阿时走的，对送他到马车驿站的阿泷等人笑着说：

"你们转告阿时，要想见我，就把隔扇通通毁掉吧。"

她们回到旅馆时，似乎早已把江湖画师和阿时的事忘到了脑后，没有客人的季节，女人们只好守在自己的卧室里缝制冬天的棉袍。她们把丢弃在客房里的旧杂志搜罗起来，却也没人阅读。各人都在无端地考虑着故乡和婚事，在周六至周日观赏红叶的团体到来之前，她们不会注意山间的秋色。

吾八走后第四天，女人们已不再谈论他了。

村里鱼店的老板曾经因吾八的事特来道歉。

"我没有说过'你给我滚'这句话……"老板娘吞吞吐吐地说，"不过，那人也太散漫了，别人忙得晕头转向，他却泡在客房里不动……他经常不在,有急事也找不到他。长此以往,彼此也就不再客气了……"

倒也是,吾八在这家旅馆一待就是八年,快要五十岁了。前半辈子凭着一把菜刀,走遍沿海各个城镇,其间削掉了左手中指指甲的前半截,似乎结过两三次婚。说"似乎"是因为这家温泉旅馆使他忘记了过去,也就是说,他在这里时从没说起过过去。他不是隐瞒,而是对回忆失掉了兴趣。

他过去流浪沿海各地,不用说,也曾有过使枪弄棒的日子。但是,打从来到这座山乡,娶了有孩子的女人为妻,也很爱那个孩子,他就不知不觉决心待在这里度过余生了。

阿清一心想着自己的葬礼,吾八只希望开个小饭馆。他只想着,死前能实现这种愚钝的愿望就行了,然而到头来,他还是安心待在这家旅馆里。他经常外出挖山药,钓鱼,没事就回邻村的自己家里。可以说,这就是老后自得其乐的一种奉公态度。当年那一股子锐气早已不见,如今他也不过是在旅馆干活儿的一名早起者罢了。他一年到头都身穿白布衬衫、细筒裤和印着旅馆字号的便褂,不需要其他的正式服装。他依旧保有年轻时在军旅生活中养成的挺拔身姿,仿佛一个通体涂着柿液的赭黄色稻草人。晚饭喝上两杯酒,就跑到熟人的客房里闲聊,不到十分钟就打起瞌睡了。

就是这么一个人,为着一条干鲣鱼干不下去了。

铺着地板的宽阔厨房里,仓吉正一个人忙个不停。之所以这样说,是因为他也有吾八那般会干活儿的骨节粗壮的双手。有段时间,女佣们瞧不起他,没有主动接近,可没多久,她们就都紧跟在他身后,讨一些切剩下的碎生鱼吃。

每逢旅行团体离店的早上,她们都会把剩在饭盘里的生鸡蛋,藏在客房的橱柜里,趁着打扫走廊的时候,用那里的铁壶煮了吃。她们一旦喜欢上哪位长住的客人,还会把客人饭盘里的剩菜拨到自己饭盘里享用,但这只限于"男人"的饭盘,对"女人"的饭盘,或许出于本能,她们连瞧也不瞧一眼。

"我知道那人没病,也不脏。"她们中的一人一边说,一边动起了筷子。

她们似乎要将这种富有女人特征的家庭生活行为贯彻到底。只要有一个男人剩了菜,她们中就会有一个女人接着吃完。不知何时,这成了一项不成文的规定。这是她们的秘密,绝不会泄露给客人。不过,在进餐时表现得有些轻佻的,依旧是那个阿绢,阿绢转到河上游那家旅馆后,就是小雪了。

然而,最先向监工的饭盘里伸手的,却是很少干这类事的阿泷。

这就等于是在自白:"我可以成为他的女人。"

三

早晨为了打扫庭院,她们也不得不体验一下秋深的寒凉。个头矮小的小雪手拿一把大竹扫帚,那姿态十分天真,就像一位大小姐。

小雪拖着那把装饰似的大扫帚,朝着正在聊天的朝鲜妇女的方向走去。那些人集体租住在旅馆门前的一座空房子里。那是一家农户,没有隔扇或障子门。温泉旅馆的人打扫庭院时,总能看见那些女子身穿鼓胀的白色"契玛"[1],围在井畔洗涮早饭用过的餐具。正向那里眺望的小雪猛一回头,透过古老的罗汉松空隙,远望旅馆厢房的大门。望着望着,"啪嗒"一声把扫帚靠在罗汉松的树干上,倏忽闪开了身子。

原来阿泷正蹲在厢房的玄关,为监工绑黄色的绑腿带子。她那白皙的脖颈和桃割髻,依偎着坐在玄关的监工膝头,宛若一件被遗忘的招领中的可怜失物。

"阿泷她……"

阿泷到底怎么样,小雪虽然含含糊糊说不清楚,但是,她——

---

[1] 韩语"치마"的音译,指朝鲜女子的裙子。

"那个阿泷……"小雪的双颊冷冰冰的,恍恍惚惚向里院走去。

小雪的两肘支在小桥的栏杆上,一只脚来回甩动着。早晨的阳光一直照出小河浅浅的水底。她扑簌簌流下泪来,心中不由涌起对阿泷难以形容的情爱。

女人们的铺盖,被子褥子没有区别,被子也硬挺挺的,像褥子一样。阿泷把脏污的被褥从抽屉里拿出来,突然说道:

"今天我又去看炸山了,一声巨响,岩石崩塌,看着真痛快啊!"

小雪扑哧笑了,身子和又冷又硬的被子一起向地上倒去。"不闻一闻硝烟的气味,你就睡不着觉了啊。"说罢,她双手捂脸,突然趴在地上,一个劲儿傻笑。

"哎!"阿泷挺胸站立,对着小雪的脊背"咚咚"踹了两脚,"是啊,那又怎么样呢?"

小雪似乎不在乎挨踹,还是晃动着肩膀笑个不停。

"来,快去打扫浴室。阿泷,你还有活儿哪。不抓紧点干,又要熬红眼睛了。"阿芳说着,两三下就铺好了床铺。

此刻,正是她们用细腰带把睡衣束在腰际,下楼去刷洗浴场的时间。

"好吧,我来干,你们快睡吧。"阿泷说罢,一个人出去了,动作麻利地哗啦啦关上了女佣房间的木栅门。

阿芳和阿吉立马就睡了。浴场里响起水声,于是,小雪双手笼在浴衣的袖筒里,打着冷战下楼去浴场了。最近的她,总是像孩子一般紧跟在阿泷身后。

"阿泷!阿泷!"河滩上有人呼喊。

阿泷拉开障子门一看,原来是阿绢一个人孤零零站在那里。她走到晒台上。

"什么事?"

"早上好!"

"进来吧。"

"嗯,不过……"阿绢走到晒台旁,扬着头问,

"大家都好吧?"

"客气什么呀,这里可没有什么大人物啊。"

"我呀,有件事想托你。"

"进来说吧。"

"我呀,"她微微歪着脑袋,手里揉搓着披肩,"我借给了工人一点钱。"

"哦。"

"要不回来了。"

"那好啊,谁没钱你就白给谁好啦。"

"那不行。"

"听说你那家宿费最贵。"

"那是两回事,说起这个嘛,我们老板很严格,不先付钱就不给踏过门槛。"

"还说什么呀,你回去快点为我发广告,就说凡是没钱的都来找阿泷。"

"我把老本钱都借出去了。"

"老本钱?"

"是的,我要是一直待在这里,是攒不了多少钱的,所以我才去了那一家。不过,我也不打算长期这样。来年无论如何，我都要到东京学梳头，为了补足费用，我才把钱借给工人们的。"

"嗨，好奇怪呀。他们借你的钱，又用到手的钱买你，这钱有利息吗？"

"因为不还钱的很多，所以我才来找你，希望你拜托监工，叫他劝工人们还钱，或者从工钱里扣……"

"什么？瞧你说的，真是本性难移啊。"阿泷从晒台纵身跃入房间，哗啦一声关上障子门，放声大笑起来。她很久不曾这般狂笑了。

这实在是少有的一次狂笑。这阵子，阿泷很少狂笑，正是因为睡眠不足。她每天晚上从厢房光着脚踩着冰冷的长廊走回来，白天眼里布满血丝，反而不停地干活儿，就像一头发狂的野兽。

她即便悄悄通过走廊归来，也不可能掩人耳目地打开女人们的房间。

"泷姐！"小雪娇滴滴地喊了一声，阿泷不由一惊，立即伫立不动了。

"泷姐。"

阿泷沉默不语，脱去浴衣外头的羽织。

"泷姐，大家都睡下了，我把你的铺盖弄暖和了。刚才的鱼汤都结冰了呀。"

"是吗？谢谢。"阿泷突然把冻僵的手插入小雪的胸脯。

"你很寂寞吧！"

这样的夜晚持续了些时日，小雪终于在仓吉的屋子里被老板娘摇醒。她飞身而起，坐正了身子，双手拄着地面，恭恭敬敬行礼。

"实在对不起。"

她揉着眼睛，立即跑回女人们的房间。

"过来，"阿泷说着，从床铺上坐起来，一把将小雪搂在膝盖上，"小雪，你本该更聪明些，不是吗？你可要自重，保护自己啊，你不也想出人头地吗？那仓吉是个畜牲，雪妹，你可不能死盯着仓吉那样一个男人不放，赶快再去找别的人吧，不管谁都可以，我说的可是真心话。要是单单迷上一个男人，那可是女人的失败，一切都完啦……讨厌，哭什么呀？有什么好哭的……你不在乎？

哎，无所谓？不在乎倒也可以，不过还是早点另找个男人为好，雪妹，否则你要吃大亏的啊！"

谁知，第二天，仓吉就被解雇了，小雪也离家出走，随他而去了。

半个月后，阿泷接到小雪不知打哪里发来的信，信上写着：

——多么怀念山家温泉啊！我一路悲伤，仰望旅途的天空，昨天朝东，今天奔西……

这无疑是小雪还在温泉旅馆时，从流行杂志上学到的美文笔调。

后来，一个消息在山乡传扬开了：

小雪被那个男人拉着到处奔走，最后被他卖了。不过，这也只是传闻。

一

冬至

一

　　水车的冰柱在月光下闪着光。结冰的板桥上,马蹄发出金属的碰撞声。地冻天寒的冬天,群山黝黑的轮廓宛若刀刃。

　　阿笑独自一人坐在公共马车中,用白色围巾包住双颊,笼着双手的和服袖筒掩住面孔,深深团缩于车厢一角。

　　车站到这座温泉村大约十六公里。她乘的是七点的火车,这个时间公共汽车和公共马车都没有了。末班马车抵达时,正是那些久久赖在温泉、泡得像红虾的老浴客,打着灯笼从河谷登山归去的时候。纵然是明月夜,也有暗黑的树荫,国道沿途的人家全都关门闭户了。

阿笑立即跳下马车，缩着脖颈快速奔入山茶林，穿过浓黑的树荫向竹林走去。她从怀里掏出酒瓶，对着瓶口喝了几口。

"啊——"阿笑不由得痛快地长舒了口气，把两腿深深蜷缩在和服里。她重新裹好围巾，用两支袖筒蒙住面孔，"扑通"一声趴倒在地上。

冬天的竹林——阿笑知道——若是堆积着干枯的竹叶，还会微温尚存。她身上只穿了两件人造丝夹衫，没穿外套。

不到二十分钟，传来男人的脚步声。

"喂，吓了一跳，睡着了吗？"

那人一边说，一边弓下腰。阿笑一把拉住他的手拽到胸前，那男子就势倒下，阿笑紧抓他的手不放，骨碌碌地打起滚来。

"哈，痛快极了。真是一场喜相逢啊！滚来滚去好温暖。"

"没有人发现你吗？"

"猜猜看吧，告诉你，我提前五站下车，接着乘两个小时的马车。瞧，都变成这样啦……"她脱掉袜子，把双脚暴露在涨水般的月光里，"通红通红的。"

然后，她把两只脚沉沉地搭在男人的双膝上，柔搓着红红的脚趾头。

"简直就像冰镇红辣椒！"

男人握住她的脚趾——那脚趾宛若冰冷的鼻涕虫黏在他的掌心。阿笑有着白色蜗牛般的肌肤，她一把双脚交给男人，身子就像一块大肥肉般猛然倒过来。

"去村里洗洗温泉暖和一下吧。"

"不嘛，人家大老远一团火似的赶了来，你待我也该像一团火呀！"

男人转过脸来，阿笑却用双手推开他，转过身去。

"别这样，我可不是白来一趟啊——我还花了火车费和马车费啊。"

"那些钱，我给你，什么时候都可以。"

"不行呀，你不早些给我，我就不会真心做你的女人。"

蓦然间,谷川的水音冷冷地震着男人的鼓膜。

阿笑不是从镇上跑来会情人的,她是来做买卖的。

这个村子的陪酒女中,只有阿笑特别有伤风化,很早以前,村中有权势者都这么认为。村中派出所的警察,忠实地秉承他们的意见,屡次叫她离开村子。一个月前,就在这些人的筵席上,他们互相感叹自家孩子品行不正,其结果却是阿笑被警察送回城里了。阿笑是天生的陪酒女,放荡不羁超过娼妓。

不过,仅凭一张明信片的召唤,阿笑就会随时前来面会她的情人们。她坐火车,乘马车,还要避人眼目,夜晚藏身于竹林……即便这样,她还是希望获得这笔"远行"的费用。也许,比起金钱,她对卖身这件事本身更具一番奇异的热情,让她能走过四十多公里的夜路,如同传说中的女子,游过大海去见自己的心上人……

就算回到城里，阿笑自然也待在为大兵服务的店里。一张白皙的蟠桃脸始终傻乎乎的，一副迷迷瞪瞪睡不醒的样子。她生活坦然，不管身在何处都不大在意，只要有男人，在哪里都一样快活——凭这样安逸的心态，她一个劲儿抹头油，弄得头发湿黏黏的，似乎从没想过梳理得整齐一些。

眼下，竹叶粘在她的脖颈上，她似乎也不想擦拭下来。男子把竹叶一片片从阿笑的衣服上掸掉，两人沿着河滩向山谷走去，准备去温泉旅馆偷先温泉。

阿泷独自坐在浴池边，看到阿笑，用湿毛巾揩了一下脸，对男人说：

"昨晚隔壁的阿清死啦，你知道吗？"

"听说了。本以为都睡下了，所以没打招呼就前来洗澡了。"男人很是难为情地解着腰带。

"今夜为阿清守灵，男人们很无情，没一个人来，真不像话！"

"虽说是在她生前受过她照顾的人，但不便于公开出面,暗地里还是很同情她的。"

"好可怜啊,就说你吧,不也是使她缩短寿命的人吗?"

"那些铺路工人要是不住进来就好了,阿清一直在村里照顾孩子,大伙儿也都很喜欢她。"

"你瞧这守灵之夜多么冷清,幸亏阿清的幽魂没出现在竹园里啊——'站在那里的人啊,你不能洗澡,这里的浴场不是你洗涤脏身子的地方。'"

说归说,阿笑的脸颊一直红到乳房,一句话不说地低着头,一双面筋般柔软的脚底板,沿着浴场的石级走进水里。

二

阿清也是陪酒女,而阿笑是陪酒女的榜样,换个角度想想,阿清可以说是被阿笑杀死的。

十六七岁流落到这座深山后不久,阿清就毁

了身子，那之后她就一心一意将这里当成自己养老的地方。男人们抱着这个时时考虑死的小姑娘，犹如抱着一个苍白的幻影，即便如此，她还是屡屡被摧毁。一旦空闲下来，她就和村里的幼儿一起玩。

建筑工人住进来后，开始听到岩石炸裂的响声时，她就更加清楚地体会到了——

"不等修好道路，自己就会被害死。"

最后，工程开始不到五天，阿清又爬不起来床了。因为鸳鸯屋四岁的女孩和一个吃奶的孩子围在她枕畔不走，她才没有被驱赶。可是，这座村子的每个陪酒女都听老板说起过：

"你们看阿笑。"

这句话始终围绕着她的寝床不散。这张寝床，就设在腌菜小屋旁边，两叠大，有时也同样用来接客。

阿清勉强支撑着身子，决心自杀。不，还没到"决心自杀"那样强烈的程度，只是一种绝望感。从结果上看，为着这帮子建筑工人疲于奔命，其实就等于自杀。

阿清身边的孩子们还没完全弄明白阿清的死和建筑工人们的关系。

阿笑洗罢澡,一概不理阿清的死讯和阿泷的羞辱,若无其事地对那男子说道:

"再见了,哦,下次什么时候再找我呢?"

"别开玩笑了,说什么再见,深更半夜到哪儿去呀?"

"回去,走着回去,天明之前可以赶到车站。"

"那要走十五六公里的山路啊!"

"没关系,黑夜和男人都很难得,没什么好怕的。我不会让你送的,再见。"说罢,她又把双袖拢在怀里,飘然而去了。

"哎,怎么说走就走啊,等天亮不好吗?"

"被人看到了怎么办?"说着,她头也不回,登上了月光如冰的国道。

男子茫然伫立不动。

然而,阿笑一离开那男子的目光所及,就又

快步跑回来，躲避在谷川沿岸乡村温泉后。她缩着身子等待着，另一个相好的男人还会来洗温泉吧？

麦地的嫩芽露出了霜色，山峰之上的天空明亮起来。候鸟不知为何没有停宿于竹林，顺着山脚飞走了。第二个男人踏灭竹林中的篝火，突然蹲下身来。

"喂，有人来啦。"

枕着臂弯睡觉的阿笑，这时抬起身来。

"啊，我懂啦，那是为阿清送葬呢。"

"小点声。"

送葬的人慢慢登上梯田，向竹林走来。阿笑猝然趴下身子，两手捂着蟠桃形的双颊，冷笑着眺望过去。

说是葬礼，也不过是两个汉子抬着一副白布覆盖的棺材而已，或许他们就是鸳鸯屋的老板和伙计吧。棺木上放着两把铁锹，也许算是一种装饰，因为这座村子实行土葬。

孩子们究竟在哪里？她珍视的村里的那群孩

子,排着长长的队伍,跟着棺材登上山间墓地——这一幻景不正是阿清生前的快乐吗?同时,不也是她死后的快乐吗?

那些孩子都还在熟睡中。

抬着阿清的人穿过竹林,向山间墓场走去。

"真可怜啊!"

"是啊!"

"这是趁着黎明前偷偷抛弃啊!"

"我也趁着天不亮,赶紧回去吧,这会儿还能在中途赶上头班马车。"

"哎,拂去身上的竹叶再走。"

"再见啦,你下次也要寄明信片来找我啊。"

她拾起地上的酒瓶,用力扔了出去,正好击中眼前的竹子,溅起一堆碎玻璃片。

昭和四年(1929)—昭和五年(1930)

抒情歌

一

跟死者说话，是人多么可悲的因习。

不过，在我看来，人在死后的世界也必须继续维持活着时候的形象，这种因习更是可悲。

感叹植物的命运和人的命运相似相通，是一切抒情诗的恒久主题——说这话的哲学家，我连他的名字都忘了，只记得这一句话，之后他还说了些什么，我一概不清楚。虽然不知植物是唯有开花落叶之心，还是隐含更加深沉的情思，但此时此刻的我，认定佛法的各种经文都是无与伦比的可贵的抒情诗。如今，同死去的你说话的我面对的，与其说是保持着此世的形体进入冥界的你，毋宁说是眼前早早孕蕾的红梅——我将壁龛里的梅花看作你的转世，构筑出一则神话故事——这多么令人高兴啊!即便不是眼前的名花也无妨,你或许已经转生到遥远的法国,变成不知名的群山中一朵不知名的花朵,纵然同那里的花朵对话,对我来说也一样,我如今依旧这么深爱着你!

如此说来,我忽地想眺望那个遥远的国度。可我什么也看不见,只闻到这屋子的香气。

这种香气已经死去了啊。

我低声细语,我放声大笑。

我曾经是个没搽过香水的姑娘。

还记得吗?四年前的一个夜晚,我在浴场,突然受到一股芳香的猛烈袭击。虽然不知道那种香水的名字,可光是裸着身子嗅到这种馥郁的芳香,我都感到羞愧难当,双眼模糊,神志不清。那时,你已把我抛弃,瞒着我同别人结了婚,那是你新婚旅行的第一个夜晚,你在旅馆洁白的床上,遍洒了新娘子的香水。我不知道你结婚,后来想想,闻到芳香这件事恰恰发生在那个时候。

你在新婚的床上洒香水时,会突然感到对我的歉意吗?

你突然觉得,这位新娘要是我该多好,对吗?

西洋香水,飘溢着强烈的现世芬芳。

今晚,家里来了五六位老朋友玩歌留多[1]。虽说是新年,却已经过了插门松的时期[2],玩歌留多的时节也错过了。到了这个年纪,我们每人都有了丈夫和孩子,或许歌留多聚会也稍稍过了最佳时期。父亲已为我们点燃了中国线香,屋内也变得清凉了,明知道大家聚在一起,彼此的呼吸也会使房间里的气氛凝重起来,然而,我们依旧各自耽于冥想,气氛总也活跃不起来。

回忆是美丽的,我相信。

不过,屋顶有暖气的房间里,四五十个女人聚在一起,竞相谈论过去的事,房间内将会汇集浓烈的恶臭,使得室内的鲜花尽皆枯萎。诚然,这些女人没有做过任何丑事,但比起"未来","过

---

[1] 一种印有和歌和彩图,状似扑克的纸牌,简称歌牌。
[2] 日本新年元月一日至七日或十五日,家家户户门口装饰松树和稻草绳。

去"已变成一只充满体臭的鲜活动物。

我心中浮现出这些奇异的幻影，想起了母亲。

我被奉为"神童"之初，是在玩纸牌的时候。那时我还只有四五岁，对日语的正楷字和草体字一个字也读不出，不知母亲是怎么想的，正值双方酣战之际，突然瞅瞅我的脸，说："看得懂吗，小龙枝？看得这么认真，"然后，她摸摸我的头，"你也来拿一张试试看，让我们小龙枝也来摸一张吧。"大家看到对手是个不懂事的小丫头，刚想伸手就又缩了回去，眼睛一起盯着我看。

"妈妈，拿这张！"我无意之中，确实是无意之中，摸起母亲膝前的一张歌牌，用比牌还小的小手摁住，抬头仰望母亲。

"哦！"母亲首先惊叫起来。大家也跟着母亲齐声发出感叹。母亲随口说：

"这孩子连字都不认识，竟然侥幸赢了。"

这么一来，客人们看在到我家做客的情分，也不再讲究输赢了，就连唱牌的主持人，也不急

不忙地三番两次专为我一人诵读下去:

"小姑娘,准备好了吧?"

我又摸了一张,这张也摸对了。接着,好几张都摸对了。然而,不管是哪一首和歌,我一点也听不懂,一首也背不出来,字也不识一个,竟然真的全都摸对了。我只是下意识地动动手罢了。母亲摸着我的头,我从她手心里感受到了她无上的喜悦。

这件事很快获得了广泛好评。幼年的我,当看来我家的客人们,或邀请我和母亲去做客的各个家庭的面,反复演示过多少场象征母女之爱的游戏啊!随后,不光在歌牌上,我展现了越来越多的神童奇迹。

而今夜的我,尽管已经学会了"百人一首",可以阅读歌牌上的草体字,但比起无意中动动手就能摸对牌的神童时代,现在玩起来反而更困难,动作也迟钝了。

母亲。如今的我,对那般心疼我、始终为我寻求爱的明证的母亲,反而像对西洋香水一般,感到有些厌烦了。

作为我的情人，你抛弃我，恐怕也是你我之间有太多爱的明证的缘故吧。

在和你们二人下榻的旅馆相隔甚远的一家浴场，闻到了你和新娘婚床上香水的香味，在这之后，我的灵魂便关闭了一扇门扉。

你去世以后，我从未见过你的姿影。

也不曾听到你的声音。

我的天使羽翼折断了。

若问为什么，那是因为，我不想飞向你前往的死亡的世界。

我并非不肯为你舍弃生命，死后若能转生为一枝野菊，我明天就随你而去。

"这种香气已经死去了啊。"

我低声细语，我放声大笑，是因为除了在办葬礼或佛事的场合，都不大可能嗅到中国式的香味。我嘲笑我的这一因习，同时，也是因为想起了先前手头那两册关于香的神话故事书。

其中一册,是《维摩诘经》[1]的《香积佛品》,描写圣者打坐在散发着种种芳香的圣树之下,嗅闻不同的香气体悟真理——凭借一种香气感知一种真理,然后再从别的香气中感知别的真理。

普通人阅读物理学书籍会认为,因人们用不同的感官接触香、声、色,才会有不同的感受,但它们在根本上是相同的。科学家们将灵魂的力量看作与电气、磁力相同的东西,创造煞有介事的神话故事。

一对恋人用信鸽作为爱的使者。男人出外旅行,从遥远的土地上放出一只信鸽,那鸽子为何能飞回女人所在的地方呢?这是因为恋人们相信绑在鸽腿上的情书中爱的力量。有的猫能看见幽灵,许多动物比起人自己,更能敏锐地预感到人的命运。记得我对你讲起过,幼年时代,我酷爱打猎的父亲曾在伊豆山丢失了一只英国波音达猎犬,到了第八天,这只猎犬一副瘦骨嶙峋的样子,

---

[1] 佛教大乘经典,亦称《不可思议解脱经》,阐扬大乘般若性空的思想。

摇摇晃晃回到我家里来了。这只猎犬，除了主人，不论谁喂食物都不吃。从伊豆到东京，它是靠什么一步步走回来的呢？

我并不认为，人能从各种香气中认识各种真理，这仅仅是一种美好的象征性颂歌。正像众香国的圣者们以香气作为心灵的食粮，雷蒙德所说的灵魂之国的人，则以色彩作为心灵的食粮。

陆军少尉雷蒙德·洛奇，是奥利弗·洛奇[1]的小儿子。他一九一四年作为志愿军入伍，随南兰开夏第二纵队出兵，一九一五年九月十四日，在攻击乌茨山丘战斗中阵亡。不久，雷蒙德通过和灵媒莱纳德夫人、艾瓦·皮塔兹的对话，就"灵之国"的情景写了详细的报告。随后，父亲将儿子在灵界的消息编成了一册大书。

莱纳德夫人的宿灵，是一位名叫菲伊达的印度少女；皮塔兹的宿灵，则叫莫文斯顿，是一位

---

[1] 奥利弗·洛奇（Sir Oliver Joseph Lodge，1851—1940），英国物理学家，发明了电磁诱导无线电。晚年迷恋心灵学，相信人能同死者对话。

意大利老隐士,所以只得用破碎的英语和灵媒交流。

住在灵之国第三界的雷蒙德,有一次到第五界一看,发现那里有一座似乎是用雪花石膏建成的大殿堂。

那座殿堂通体银白,里面燃着众多五颜六色的灯火。有的地方全是一片红光,接着就是……蓝色的,中央似乎是橘黄色的光。这些都不是能从我刚才说的话语中推想的鲜活的颜色,而是一种真正的柔美的色相。于是,那个人(菲伊达称雷蒙德为"那个人")凝神眺望,想看清那些颜色究竟来自何方。结果,他看到许多大窗户,上面镶嵌着彩色玻璃。而且,殿堂里的人们,有的正走向透过红玻璃投射下来的粉红色光芒中,随后就地站在那里,有的走进蓝色光芒,也有人沐浴在橘色和黄色的光里。他们为何这么做呢?那个人忖度着。于是,有人对他说,粉红色是爱之光,蓝色是真正治愈心灵的光,橘色是智慧之光,他们都各自走进了自己希望的光芒中。按照向导的说法，这些光芒远比目前人类认知中的更加重要。当今世界，总有一天会有人去进一步研究各种光芒的效果的。

你在取笑我吧？我们用这种光的颜色装饰了地上的爱巢。精神科医师也很注意颜色。

雷蒙德关于香的神话，也像色的神话一样稚拙。

据说地上的花凋零后，香气升到天上，会再一次在天上开放。灵之国的物质都来自从地上升天的香气。只要用心看，地面一切死亡和腐朽，都散发着不同的香气。这种香气升天之后，会使香气的来源在天上再生。槐花之香不同于竹子之香，腐朽的麻布之香不同于腐朽的呢绒之香。

人的灵魂也像鬼火的火球一样，不能一齐飞旋出尸骸，只能像一缕缕香烟，从尸骸里袅袅升起，在天上缠绕成团，仿佛在临摹遗留于地面的肉体，最后再度形成此人灵魂的躯体。故而，彼世之人的姿态，与此世之人的姿态完全相同。雷蒙德也一样，不但睫毛、指纹毫无变化，就连活在此世时的蛀牙，到了彼世也重新长成了光洁的美齿。

此世的盲人，在彼世会重获光明；瘸腿的汉子，在彼世也会变得两腿劲健。那里既有与此世相同的马、猫和小鸟，也有砖瓦房。更令人喜笑颜开的是，那里的雪茄、威士忌苏打也都由地上的香精或乙醚之类的东西制作而成。早夭的儿童到达灵界后将再度成长，雷蒙德也见到了幼时离开此世，在彼世长大成人的兄弟。对地上世界不很熟悉的美丽的灵的姿影，尤其是那位身穿用光织成的衣裳，手里拈着百合花，名叫莉莉的清纯少女，在诗人之笔的歌颂下，又将会如何呢？

同大诗人但丁的《神曲》，以及大心灵学家斯威登堡[1]的《天堂与地狱》比较来看，雷蒙德的灵界通信虽然只能算是幼儿的牙牙学语，但反而能被当作煞有介事的神话受到欢迎。不过，就我

---

1 伊曼纽尔·斯威登堡（Emanuel Swedenborg，1688—1772），瑞典科学家、神秘主义者、哲学家和神学家。起初研究数学和物理学，后埋首于心灵学研究。

个人来说，较之这种冗长记录中活灵活现的段落，我更喜欢富有神话意味的章节。即便是洛奇，他也不相信灵媒所说的那个世界确实存在，他只是同死去的儿子进行各种对话，以此作为灵魂不朽的证据。欧洲那场大战使数十万母亲和恋人失去心中所爱，他把这本书赠给了她们。说真的，在我所读过的无数关于灵界通信的书籍中，没有一本比得上雷蒙德这册富有现实性的讲述灵魂永生的记录。我同你永别了，我必须在这本书中获得慰藉。但我仅从中找出了一两则神话故事，简直是打错了主意。

然而，不管是但丁还是斯威登堡，这些西洋人对那个世界的幻想，比起佛典里众佛居住的世界的幻想，显得多么现实而弱小、鄙俗！在东方，虽然孔子也说过"未知生，焉知死"这般简扼的话语，但时至今日，我依然将佛教经文中关于前世与来世的幻想曲，看作无与伦比的罕见抒情诗。

倘若莱纳德夫人的宿灵菲伊达是印度少女，

……也讲述了在天上会见基督时令他颤抖的喜……什么他未见到释迦牟尼世尊的身影呢？……曾谈起佛典中关于那个世界的幻想……

我想起来了，据说雷蒙德在圣诞节回到了地上的家，待了一整天，在部分遗属看来，随着死亡，灵魂也会化为乌有，雷蒙德为那些寂寞的灵魂悲叹。正如你去世后，我在盂兰盆会上祭祀你的亡灵，却一次都没有等到你的精魂。

你也感到寂寞吗？

我也爱读讲述目连尊者故事的佛书《盂兰盆经》。《睒子经》里也有借读经的功德，使父亲的骷髅跳起舞来的故事。释迦牟尼世尊的前身为白象的故事我也喜欢。从焚烧麻秆迎魂火，到放河灯送魂火等祭祀亡灵的形式，也宛如儿童的过家家游戏一般美好。日本人不忘为野鬼游魂超度，祭祀溺死者，甚至举办"针祭"[1]等活动。

---

1 农历十二月八日或二月八日，人们为纪念断针停止缝纫，并把断针插入豆腐或蒟蒻糕，奉纳神社或付诸河水的活动。

然而，更加美丽的，是一休禅师[1]咏叹□□□一颗心：

> 山城瓜，紫茄子，依照原样供灵前，水流无限加茂川。

多么盛大的亡灵节啊！今年长成的瓜是亡灵，茄子是亡灵，加茂川的河水是亡灵，桃子、柿子、梨也是亡灵，死去的人是亡灵，活着的人也是亡灵……这些亡灵聚在一起，心无芥蒂地面对面，只觉得机会难得，毕竟这只是一次亡灵集会，即"一心法界"。法界即一心，一心即法界，正所谓"草木国土悉皆成佛"之祭也，松翁[2]就是如此理解一休这首和歌的。

《心地观经》中说，一切众生皆经五道轮

---

[1] 一休（1394—1481），室町末期临济宗僧人，京都大德寺住持。擅长写诗与长歌，工于书画。漫游诸国，多奇行。
[2] 布施松翁，生卒年未详，心学著作《松翁道话》的作者。

回[1]、百千劫[2],度生生死死,总有一天会互为父母。所以,世间的男子皆是慈父,世间的女子皆是悲母。

这里用了"悲母"这个词。

还写着父亲怀慈恩,母亲怀悲恩。

只把"悲"字理解为"悲伤"就太肤浅了,佛法认为,母恩重于父恩。

你或许还清楚地记得我母亲去世时的情景吧。

那时你突然问我:"还在想念母亲吗?"我听后是多么惊奇啊!

雨似乎被什么东西吸收了,天一放晴,整个世界仿佛变得空无一物,到处都是初夏明丽的日光。等到窗下的草坪腾起新鲜的游丝,已是夕阳西下的时候了。我坐在你膝头,凝神眺望着西边的杂木林。草坪的一端,倏忽染上苍茫的颜色,我以为是日光照在游丝上,却发现母亲正从那里

---

1 人死后到达的五种世界:地狱、饿鬼、畜牲、人、天。
2 佛语,时光之意,表示极为长久的时间。

走来。

没有得到父母的允许,我便和你住到了一起。

不过,我并不感到耻辱,只是一时间很惊讶,正想站起来。母亲似乎想说什么,但又用左手按了按喉咙,忽然消失了。

此时,我又一下子将体重全都压在你的膝头。你问我:"还在想念母亲吗?"

"喏,你瞧。看到了吗?"

"看到什么?"

"母亲刚刚来了。"

"哪里?"

"那里。"

"没看到,母亲是不是出了什么事呢?"

"啊,她死了,她是特来告诉女儿一声的。"

我即刻回到家,当时母亲的遗体还在医院。音信不通的我丝毫不知道母亲的病,母亲死于舌癌,所以她才按了按喉咙那里给我看的吧。

我看到的母亲的幻影,和母亲咽气时的样子

完全一致。

就算为了这位悲母,我也没有设置盂兰盆会的祭坛,也不想通过巫女的口述了解母亲在那个世界的消息。我只想将杂木林中的一棵小树当作母亲,和小树对话,将给我带来愉悦。

释迦对众生说法,要众生从轮回解脱出来,进入涅槃不退转[1]。虽然不断转生的灵魂,依旧是迷茫可怜的,但我以为,轮回转生之说是这个世界交织着丰富幻想的最动人的神话,是人创造的最美丽、最可爱的抒情诗。印度自古代《吠陀经》[2]起就有这种信仰,看来它本就是东方精神。不过,希腊神话中也有明丽的花的故事,西方如《浮士德》中格雷琴的牢狱之歌等人转生为动植物的传说也多如漫天繁星。

不论是昔日的圣哲们,还是今天的心灵学家们,他们大多考虑人的灵魂,尊重人的灵魂,却蔑视其他动植物。人类历经数千年,盲目地走到

---

[1] 不退转,指修养越积越多,进入不退之境。
[2] 印度最古老的文献总集,内容包括宗教、文学、哲学等。

今天，一直在以种种意义将自己和自然界万物区别开来。

这种自命不凡的虚妄脚步，已经使人的灵魂变得如此空寂，不是吗？

说不定有一天，人类会把身子一转，回头朝来路走去。

你会将此看作太古之民与未开化民族的泛神论并加以嘲笑吗？但科学家越是详细探究创造物质的本源，就越会发现，这种东西本来就在万物之间流转，不是吗？在这个世界失去形式之物的香气造就了那个世界的物质，这种说法不过是科学思想的象征之歌罢了。物质的本源和力量是不灭的，就连我这个才疏学浅的年轻女子，这半生以来也体悟到了。那么，既然如此，为何必须认为灵魂的力量会灭亡呢？灵魂这个词，不就是对流动于天地万物的力量的一种形容吗？

灵魂不灭这一认识，或许是活着的人对生命的执着与对死者深爱的表现，所以他们相信那个世界的魂魄也保有这个世界的人格。虽说人性中这种对待幻影的因习是可悲的，但人们不仅将自己生前的姿影，还将此世的爱与憎带往到那个世界，即使阴阳相隔，亲子还是亲子，在那个世界，兄弟姐妹还是作为兄弟姐妹一起过日子；根据西方灵魂的述说，冥土也类似现实社会——我反而觉得，这种执着的、只尊重人的生命的因习是多么冷清啊。

比起死后成为住在白色幽灵世界的居民，我想，不如变成一只白鸽或一枝银莲花。怀有这样的想法而活着，心中的爱将会多么广阔、坦荡！

上古的毕达哥拉斯学派认为，恶人的灵魂在来世也会被禁锢于鸟兽体内饱受苦难。

第三天，十字架上血迹未干，耶稣升天，主的尸身消失了。两个身穿发光衣服的人立于一旁。徒等畏惧，面目伏地。此人曰："汝等何以于死者中寻找生者？彼已复苏，不在此矣。彼居加利利时，曾对汝等言：'人之子，必将交于罪人之手而钉在十字架上，至第三日当苏醒。'汝等思之。"

这两人身上发光的衣服，也是雷蒙德在天上

见过的耶稣基督穿的衣服。不光是基督,精灵之国的人们都穿这种用光织成的衣裳。精灵们似乎认为那衣裳是用自己的心灵制成的,即在地上度过的精神生活,死后将变成穿在灵魂身上的衣衫。这些有关灵魂衣裳的故事中,包含着这个世界关于伦理的说教。同佛教的来世一样,雷蒙德的天国也有第七界,灵魂所处的界次将随着灵魂的修行逐渐升高。

佛法的轮回转生说,似乎也是这个世界伦理的象征。佛法教导我们说,前世的老鹰,变成今生的人;现世的人,也会变成来世的蝴蝶,或者成佛,这些都是此世的因果。

这些都是抒情诗可贵的污点。

古埃及名震四海的抒情诗《亡灵书》[1]中的转生之歌更加朴实,希腊神话中伊里斯的彩虹衣裳更加光耀夺目,银莲花的转世更是一种明朗的喜悦。

---

1 古埃及埋葬死者时为之祈求冥福的祈祷、赞歌或信条等的统称。

希腊神话里的月亮、星辰，还有动植物，都可以看作神仙，这些神仙具有与人一样的感情，当哭则哭，当笑则笑。希腊神话爽健优雅，给人一种在晴天丽日的草地上裸体跳舞的感觉，就好像，神在玩捉迷藏时，不知不觉间变成了花草。

森林中美丽的妖精贝尔蒂丝变成雏菊，以躲避并非自己丈夫的青年爱的目光。

达佛涅为守护少女的纯洁，逃避情种阿波罗的追逐，化作月桂树。

美少年阿多尼斯，为了安慰因自己的死而哀痛的恋人维纳斯，转生为福寿草；阿波罗为悲悼年轻英俊的雅辛托斯之死，遂将这位情人的倩影化为风信子[1]。

如此说来，我把壁龛里的红梅当作你，对着它说话不也可以吗？

好生奇怪呀，火中生莲华，爱欲之中显正觉[2]。

1　雅辛托斯之名出自"Hyacinthus"，亦是风信子。
2　摒弃妄想，获得佛果的正确觉悟。

被你抛弃，熟悉银莲花精神的我，不正像这句话说的那样吗？风神看到美丽的森林女神银莲花，便朝思暮想，谁知这件事传到风神的恋人花神的耳朵里，花神嫉妒之余，将毫不知情的清纯的银莲花赶出宫殿。好几个晚上，这位银莲花女神都站在野外哭泣，直到天亮。听说她在某一时刻突然开悟，她想，与其落到这步田地，还不如干脆变成花草。只要这个世界还存在，我就作为一株美丽的鲜花活下去，凭借花儿朴实的心灵，享受天地的恩泽。

比起继续做可怜的女神，不如变成美丽的花朵更快活。想到这一点，女神才稍微开朗起来。

你抛弃我，我怨恨你，绫子将你夺走，我嫉妒她，日日夜夜都在煎熬中度过。我曾反复思忖，与其做个可怜的女子，不如干脆化作银莲花一般的花草，那将多么幸福！

人的眼泪这东西，是很奇怪的。

要说奇怪，我今夜对你说的这些话语，也尽是些奇怪的东西。但转念一想，我所说的，也都是数千年来千千万万甚至几亿人的梦想与愿望。我一个俗世女子,正像人的一滴眼泪,一首象征性的抒情诗。

有了你这样的一位恋人后,夜间入眠之前,我的眼泪总是顺着面颊簌簌流淌。

然而,当我失去你这样的一位恋人,早晨醒来之后,我的眼泪仍经常顺着面颊簌簌流淌。

睡在你身边时,从未做过关于你的梦;同你分手后,反而每晚都梦见你把我抱在怀中,梦中的我也是泪流满面。由此,早晨醒来时很悲伤,夜间入眠时也泪流不断,正好同那些欢乐的时光相对照。

事物的馨香与色泽,即便在亡灵的世界,不也是精神的食粮吗?恋人的爱变成女人心灵的源泉,又有什么不可思议?

在你还属于我的时候,无论是到百货店买一枚衬领,还是在厨房里用菜刀收拾一条甜鲷,我都觉得自己是个幸福的女人,爱的泉水流贯我的全身。

然而，失去你之后，花色鸟鸣之于我一概变得干瘪无味，我的灵魂同天地万物的通道联结完全断绝了。比起失去恋人，失去爱之心更加可哀。

接着，我诵读了轮回转生的抒情诗。

正像这首歌教导的那样，我于禽兽草木中找到你，找到我，重新讨回了博爱天地万物的心。

因此，我所憧憬的抒情诗，就是浸满人情味的爱欲的悲情之极致吗？

我就是如此爱你啊！

第一眼见到你时，出于当时的因习，我没有对你彻底表白。如今我全神贯注望着红梅鼓胀的蓓蕾，心凝聚于一处，犹如浪花般激荡。我的灵魂随着目不可及的海水，流向已逝的你那远在天涯的未知之乡。

当我见到母亲的幻影，尚未开口时，你问了我一句："母亲是不是出了什么事呢？"这一句话使我们二人一体，心心相印，不论多大的力量也不能将我们分开。我安然向你道别，去参加母亲的葬礼。

我在家里的三面镜梳妆台上,给你写了我们分别后的第一封信。

母亲的死使父亲心情沉重,答应了我们的婚事。或许为了表达心意,父亲为我定做了一套黑色的丧服。眼下,我的装扮显得有些凄楚,这是与你同居后第一次穿上礼服,虽仍稍显憔悴,但看起来还是非常美丽!我真想让你看一看镜中的我呢。因此,我偷空给你写信。不过,玄色固然优雅,但为着我们,我还是会央求父亲为我置办一身花色美艳的婚服。本来我很想早些回去,但因为长期出奔在外,此刻正是求得家人谅解的好时机。因而,我打算在这里住到母亲的"五七"。绫子小姐或许在你那里,身边的事可以托她处理。弟弟虽然年幼,却一心向着我,在亲戚面前处处维护我,甚是可爱。这张梳妆台,我也要带回去。

你的信在第二天晚间到达。

　　你为母亲守灵，勉强照应各种闲杂人事，可要注意身体。绫子小姐在我这里，为我照应着一切。那张梳妆台听你提起过，那本是你教会学校友人、一位法国小姐回国时送你的礼物，是你留在家中、最后悔没有带走的物件。想必抽屉中粉盒里的粉已经结成硬块，但依旧保有昔日的样子。你那映入镜中的一身玄色丧服的优美姿影，对于远方的我，也历历如在眼前。我真想尽早为你穿上绚丽的婚服，我也可以为你定做一件，但还是求父亲为你做更好，他一定很高兴。虽说正值他悲伤的时候，但我想他会答应我们的婚事的。龙枝的宝贝小弟是怎么想的呢？

我的信不是对你来信的回信，你的信也不是对我去信的回信。

我们两人都在同一时刻写了相同的事情，对

于我们来说，这并不稀罕。

这也是我们爱的明证。我们尚未住在一起的时候，就养成了这样的习惯。

你经常说，同龙枝在一起的时候很安心，从未遇到意外的灾难。我在谈起自己预先防止弟弟溺水的事时，你也说过这样的话。

夏天，在家里租下的海岸别墅的井畔，我正在洗家人们的泳衣，忽然感觉好像听到了小弟的呼喊，好像还看到了波浪里小弟挥起的一只手，还有船帆、晚间雨后的天空以及汹涌的波涛之类。我不由得一惊，抬头仰望，天空晴明，但我还是赶紧跑回家去，一进门就喊："妈妈，小弟出事啦！"

母亲脸色大变，随即拉起我的手向海边奔跑，正赶上小弟刚刚乘上游艇。同乘的还有我的两个女同学，驾驶员是一位高中生。船上堆积着三明治、白兰瓜和冰激凌等物，准备前往七八公里外的避暑地。果然，归途中海上突然风雨交加，游艇在转舵的时候倾覆了。三人都落水了，抓住倒下的桅杆随海浪漂浮，正巧被一艘机动船救起，只是喝了几口海水，并不危及生命安全。要是幼小的弟弟在其中，只有一个男人，女同学们都不会游泳，结果就很难说了。

母亲迅速跑去，是因为她相信我的灵魂具有预知未来的力量。

还是玩歌牌大受称赞的时候，小学校长很想见见我这个神童。于是，母亲牵着我的手去拜访校长的家。当时我还未上小学，数数也只能勉强数到一百，不认识阿拉伯数字。但对我来说，乘法和除法一点都不难，应用题中的鸡兔同笼问题也能立即答出来，所有问题我都得心应手，既不列式子，也不具体演算，只是下意识地在嘴里反复叨咕出答案，至于简单的历史和地理题目更不在话下。

不过，这样的神童之力，假若母亲不在身边，就绝不会显现出来。

校长感动地不住拍着膝盖，母亲还对他说，我们家不管少了什么东西，只要一问我，立即就能找出来。

"是吗?"校长打开桌面的一本书,给母亲看了一下页数,"我要是问小姑娘这是第几页,她一定答不出来。"他没想到,我又说对了。于是校长又用指头按住书本,看着我问道:

"这行字写了些什么?"

"水晶的佛珠。藤花。梅花瓣上下了雪,漂亮的乳婴吃草莓。"

"啊,真让人好不惊奇!堪称千里眼呀!这本书是什么书?"

我歪着头想了想,回答他:"清少纳言的《枕草子》。"

我说的"梅花瓣上下了雪,漂亮的乳婴吃草莓",正确的说法应是:"雪落在梅花瓣上。可爱的幼儿吃着草莓。"[1] 但当时校长的惊讶和母亲的夸奖,我至今记忆犹新。

那时我已经会背九九乘法表。此外,明日的

---

[1] 参考《枕草子》。

天气,小狗下几胎、几公几母,明天谁会来我家,父亲何时回家,下一位女佣的长相,有时还有别人家病人的死期……对这些做出预言,成了我的嗜好,而且大部分都出色地准确预见了。如此一来,周围的人把我捧上天,我有点得意忘形,我这个天真烂漫的幼童就这样沉迷于诸般预言游戏中。

预知未来的能力,随着长大成人和天真无邪的失却,逐渐从我身上离去,寄居于幼年心灵中的天使或许已将我舍弃了吧。

到了少女时代,天使仅会犹如变幻莫测的电光,不时闪过我的心间。

当我嗅到你和绫子小姐的婚床上香水的气味时,变幻莫测的天使翅膀也折断了,我刚刚已经说过了吧?

我前半生的书信中最不可思议的"雪中书简",将成为我不可复制的心灵的纪念。

  东京下过一场大雪是吧?你家那只拥有

王子风姿的牧羊犬，在玄关拖曳着锁链狂吠不止，几乎将那座绿色的犬舍拽倒在地。它是在冲着除雪人吠，如果它吠的是我，即便已经跨过迢迢千里来访，我也不敢跨入你家家门。除雪人背上的婴儿又哭又闹，好可怜。你走出门外，亲切地哄着那孩子。那位形象粗鄙的老爷子的孩子，在你眼里是那么活泼可爱！其实，老爷子年龄并不大，只因一生劳苦才显得年老。开始是女佣在除雪，后来，一个乞丐模样的老爷子来了，点头哈腰地哀求道："我岁数大了，走路摇摇晃晃的，还驮着个孩子，走到哪儿都没人让我除雪。孩子一大早就没奶吃了，请行行好吧。"女佣一时没了主意，她走进客厅请示。当时你正在留声机旁欣赏肖邦的曲子，房子里墙壁雪白，古贺春江的油画和广重的《木曾雪景》版画分挂两边，壁毯是一幅印度更纱[1]极乐鸟图；

---

1 一种起源于印度的印花棉织品。

洁白的椅套包裹着绿色的皮革坐垫;煤气炉子也一律是白色,两端摆着袋鼠形象的装饰;桌面摊开的影集上,是伊莎多拉·邓肯[1]表演古希腊舞蹈的照片;墙角的百宝架上依旧放着一束圣诞节的康乃馨,想必是一位美人的礼物,新年过了也舍不得丢弃吧。还有,窗帘……哎呀,你家的客厅我尚未得见,竟然就开始凭空胡乱幻想起来了。

结果,第二天一看报,礼拜天的东京不但没下雪,还是个和暖的大晴天,我大笑不止。

这封信里提到的房间布置并非幻中所见,也不是梦中所闻,我只是在写信时浮想联翩,随手缀录下来罢了。

然而,当我决心弃家而去,成为你的人,乘上火车时,东京下起了大雪。

在进入你家客厅前,我早已把那封"雪中书

---

[1] 伊莎多拉·邓肯(Isadora Duncan,1877—1927),美国女舞蹈家,现代舞创始人。

筒"给忘了,我一眼便瞟见你的房间。咱们甚至不曾握过一次手,可我还是急不可待地一头扎入你的怀抱。啊呀啊呀,你是那样爱我!

"犬舍早就移到后院去了,就在接到龙枝你的信那天呀。"

是的,你完全按照我的信中所言,把房间装点起来了。

"你怎么愣在这里了,这房间完全是老样子,我碰也没碰。"

"啊,真的?"我再次环视了一下房内。

"你觉得奇怪?倒也是。接到你那封信,我是多么惊奇啊。那位人儿竟然如此热恋着我,灵魂早已多次光顾我家,所以你对这间屋子甚为熟悉,我对此深信不疑。既然灵魂已经多次来到我身边,哪有人不随后而至的道理呢?于是,我满怀自信和勇气给你写信,召唤你弃家奔来我这儿。你在见到我之前就梦见了我,命运将我们紧紧结合在一起,不是吗?"

我的心连着你的心。

这也是我们爱的明证。

翌日早晨，一如我信中所写，那位老爷子前来央求除雪了。

每天你从大学研究室回家，我都去迎你。你回家的时间不固定，从郊外的车站走回家来的路线也有两条：一条经过繁华的商店街，一条穿过寂静的杂木林，可我们肯定都会在半路相遇。

我们交谈时，总是会说出同一个词。

不论我在哪里，在做什么，只要你需要，我就会不请自来。

你在学校时，我经常在家做好你想吃的晚餐，等你归来。

我们之间爱的明证数也数不完，使我们不能分开。

记得有一次，我送绫子小姐回家，刚一出大门，我忽然对她说："眼下让你回去，总有些不放心，你还是在我家多待一会儿吧。"果然，不到一刻钟，绫子小姐流了好多鼻血。要是在路上，可就麻烦了。

或许是因为知道你喜欢绫子小姐，我才这样做的吧。

我们虽然如此相爱，并且我也预先知道这一切，可为何会单单没想到你会同绫子小姐结婚，以及你将不久于人世呢？

你的灵魂为何不告诉我你的死期呢？

我做了一个梦：蔚蓝的海面、夹竹桃伸展着花朵繁盛的枝条、白木制成的路标、树梢之上烟雾缭绕……我在这样的海岸小路上遇到一位青年，他身穿飞行服般的衣裳，手戴皮手套，眉毛浓黑，微笑时左侧嘴角微微上翘。我们走在一起，走着走着，我心中不由得燃起爱的火焰。梦破灭了，醒来后我在想，莫非将来要和空军军官结婚吗？很久以来，我都没能把这个梦忘掉。梦中，轮船在近岸行驶，我甚至记住了船的名字——"第五绿丸"。

其后过了两三年，我在酷似梦中风景的小路上，和你相逢在温泉浴场。那天早晨是我生来第一次到那里，还是叔叔带我去的，从前不可能见过。

你看到我,像得救了似的长舒了口气,仿佛一眼就被我吸引住了,问道:

"到街上怎么走啊?"

我的脸颊泛起红晕,蓦地转头眺望海面。啊,一艘轮船正在海上行驶,船尾清楚地写着"第五绿丸"。

我颤抖着默默前行,你跟在我身后,问道:

"回镇上吗?能不能告诉我自行车修理铺或汽车行在哪里?突然打搅你,对不起。我是骑摩托车来这里旅行的,没想到遇见了马车,马听到发动机声受惊了,我连忙躲开,不巧撞在岩石上,摩托车完全报废了。"

走了不到两百米,我们已经谈得很投机。

"我总觉得以前见过你。"我连这事都对你说了。

"我为何没有早一些见到你呢?"

就是说,咱们说的都是同一个意思。

其后,在温泉街,每每看见你的背影,在内

心呼唤你时,不管离我多么遥远,你总是会立即回头看过来。

那些同你一起去的地方,我总觉得以前自己曾去过。

那些同你一起做的事,我总觉得以前自己曾做过。

纵然如此,两人之间心灵的丝线突然像断了似的。真的,就像用钢琴叩击 B 音来回应小提琴拉出的 B 音,音叉共鸣、灵魂相通也是同样。之所以对你的死讯一无所知,是因为你我之间,有一方的灵魂接收器出了故障。

或许,我在畏惧我灵魂的力量,它在超越时空发挥作用。为了你和新娘安逸的生活,我关紧了我灵魂的门扉。

以阿西西的圣方济各[1]为首,还有那些对被钉在十字架上的基督深信不疑的少女,他们的腋下被刀枪刺伤,流下了鲜血。人们都听说过专心念

---

1 方济各(Francis of Assisi, Saint, 1181—1226),方济各会的创始人,生于意大利阿西西。

咒甚至将人咒死的那些生死灵魂的故事,当我听到你死去的消息,一阵惊悚,更想变成一株花草。

此世的灵魂和彼世的灵魂,都是一团团热情的灵魂士兵,磨灭了人们阴阳相隔思想的因袭,在两者之间搭桥开道,为从现世抹消死别的悲伤而战斗——心灵学家是这么说的。

然而,对于此时此刻的我来说,与其倾听来自灵魂之国的你的爱的明证,做阴间或来世的你的恋人,不如你我都变成红梅或夹竹桃的花朵,让传播花粉的蝴蝶做媒,为我们张罗婚礼,这样更加美好。

假若能这样,也就不必仿照人类悲伤的因习,如此对死者诉说衷肠了。

昭和七年(1932)

禽兽

一

小鸟的鸣叫，打破了他的白日梦。

破旧的卡车装载着庞大的鸟笼，比舞台上关死囚的竹笼子[1]还要大两三倍。

他乘的出租车不知何时似乎驶入了送葬的车队。后边的汽车，司机面前的车玻璃上贴着写有'二十三'的号码牌。转头看看路边，有一块碣石，上面刻着"史迹太宰春台[2]墓"。原来已经到达禅寺前了，寺门上贴着纸，上书：

---

1 原文"唐丸籠"，江户时代押送平民重犯时使用的大竹笼子，形如鸡笼，有的侧面开一小洞，只能通过头颅。
2 太宰春台（1680—1747），儒学家，初学朱子学，后师从荻生徂徕学习古文辞，著有《圣学问答》《经济论》等。

山门不幸,津送执行。[1]

寺门正好在斜坡上,坡下的十字路口站着交警,那里瞬间蜂拥驶来三十多辆汽车,一时难以疏通,他只好一边瞅着放鸟[2]的笼子,一边焦急地等待着。他身旁规规矩矩地坐着个小姑娘,珍爱地抱着个花篮子。他问她:

"几点了?"

可是,那小女佣哪里会有手表呢?司机接过话头:

"差十分钟七点,我的手表慢六七分钟啊。"

初夏的黄昏还很亮。花篮里的玫瑰散发着馥郁的芬芳。禅院里六月开花的一种树木,散发出一股恼人的气息。

"这样是赶不上的,能否开得快些呢?"

"除非打右边穿过,然后……否则……日比谷

---

1 大意是:寺里出了不幸的事,正在为死者送行。"津送",禅宗用词,"为死者送行"之意。

2 举办葬礼时,寺院为助功德,常常放生笼中鸟。

会堂在办什么来着?"看样子,司机打算回头去接送散会的客人。

"舞蹈晚会。"

"啊?——放生这么多鸟,得花多少钱呀!"

"路上遇到丧仪就不吉利啦。"

一阵纷乱的振翅声传来,随着卡车开动的颠簸,鸟群顿时喧闹起来。

"很吉利,据说没有比这再吉利的啦。"

司机仿佛在利用汽车表达自己的感情,他滑向右侧,一阵加速,超过了送葬的队列。

"奇怪吧,不妨逆向而思之。"他笑了。但他认为,人的这种思考习惯是理所当然的。

去观看千花子跳舞,却记挂着这种事,是挺奇怪的。要说不吉利,比起途中遇到葬礼,把动物的尸体留在家中更不吉利。

"今晚回去后别忘了把戴菊鸟扔掉,还在楼上壁橱里呢吧?"他对小姑娘吐露了心事。

距戴菊鸟夫妇死去,已经过去一周了。他想着从笼子里掏出来很麻烦,就那么搁在壁橱里了。

那壁橱就在二楼的尽头，每次有客人来坐坐，他们就会把壁橱里鸟笼下的坐垫拽出来，客人走后再放进去。他和女佣已经习惯小鸟的尸体了，都懒得扔掉。

戴菊鸟就像山雀、小花雀、鹪鹩、蓝歌鸲以及长尾山雀，都是体型最小的家鸟。头部是橄榄绿，身体是淡黄灰，脖颈也是灰色，翅膀有两道白，长羽的外缘是黄色，头顶也有一圈黄色，黄圈外围着一圈粗粗的黑色。羽毛蓬松时，那圈黄色清晰可见，宛若顶着一片黄菊花瓣，雄鸟头部的黄圈则呈现出更加浓丽的橙色。它们圆溜溜的眼睛总是含情脉脉，喜欢在笼子里上下蹦跳，泼剌翻飞，实在高雅可爱，气度非凡。

鸟店送货时正当夜晚，他立即把鸟笼放在昏暗的神龛上了。过了一会儿去看，鸟儿睡着了，那睡姿实在优美，夫妇相互偎依，将头插入对方的羽毛，雌雄难辨，简直就像一个浑圆的毛球。

他是个年近不惑的单身汉，心中不由得泛起儿时的温馨，他站在矮脚餐桌上，久久凝视着那座神龛。

他在思忖,纵然是人类社会,在某个国家,也总会有一对年幼的初恋情侣沉睡于如此美好的感觉之中吧。他希望有个同他一起观赏如此睡姿的伙伴,但他没有唤女佣过来。

从翌日开始,吃饭时他也把鸟笼放在桌上,望着戴菊鸟。每次会客,总会把可爱的小动物置于身旁,形影不离。他并不好好听对方讲话,只顾逗弄歌鸲的幼雏,给它喂食;时而醉心于用手势训练小鸟;时而把柴犬抱在膝头,耐心地为狗捉跳蚤。

"柴犬身上有些符合宿命论的地方,我喜欢它,时常把它这样放在膝头,或使其坐于房间一隅,它半日里都会纹丝不动。"

多数时间,他都是这样静等客人自行离去,眼都不瞧一眼客人的面孔。

夏天,他把青鳉鱼苗和鲤鱼苗养在客厅桌上的玻璃盆里。

"或许是上了年纪的缘故,我渐渐地不愿同

男人会面,我讨厌男人,马上就会不耐烦。吃饭,旅行,做伴的仅限女人。"

"那就结婚好啦。"

"这个嘛,倒是找个看起来薄情的女子为好,找不到啊。你明明知道她薄情,依旧腆着老脸同她交际,那最轻松了。我雇女佣也专挑薄情女子。"

"你就因为这个饲养动物呀。"

"动物可不薄情啊。身边不放点活物,总觉得太冷清。"

他随便应酬着,一边望着玻璃缸内五颜六色的小鲤鱼游来游去,鳞光闪闪,变化无穷,一边想到,如此狭窄的水面下竟然会有如此微妙的光之世界,早已把客人忘在了一旁。

鸟店老板只要有新入手的鸟,就会悄悄送到他这里来,他书斋里的鸟已有三十种之多。

"鸟店老板又送鸟来啦?"女佣有些不耐烦。

"不好吗?单凭这个我就会高兴四五天,这种好事可不多见啊。"

"不过，我一看到老爷一本正经盯着鸟看，心里就犯嘀咕。"

"那样子好可怕，对吗？我眼看就要发疯了，家里也变得鸦雀无声，好不寂寞，对吗？"

然而，在他看来，新的小鸟刚来的两三天里，他的生活会变得非常滋润而满足，他会因此感到天地之可贵。或许是自己不好，他从人类身上无法获得这样的感受。比起贝壳和花草之美，小鸟更加鲜活灵动，更易让他感知造化之妙。哪怕身在笼中，那小小的生灵看起来也充满青春的喜悦。

小巧而活泼的戴菊鸟夫妇尤其如此。

可是，刚过了一个月，给它们喂食时，一只飞出了笼子。慌忙中，女佣让它逃到了储藏室旁的樟树枝上。树叶晨露瀼瀼，两只鸟儿一只笼中，一只笼外，互相高声呼唤。他立即把鸟笼放在储藏室的屋顶，竖起一根带粘胶的竿子。它们凄厉地叫了一阵子，逃脱的鸟儿在正午时分远走高飞了，这只来自日光山。

剩下的一只是雌鸟。想起这对鸟儿交颈而眠的往昔，他一面拼命催促鸟店老板快些送雄鸟来，一面亲自踏访各地鸟店，终未找到雄鸟。不久，鸟店又托人从乡间送来一对夫妇鸟，但他只想要雄鸟。

老板对他说：

"这是一对儿，留下一只在店里，另一只就活不下去了，这只雌鸟干脆白送你吧。"

"三只鸟能和睦相处吗？"

"可以的，把两只鸟笼紧挨着放四五天，就会互相熟悉的。"

但是，他像孩子急于摆弄新玩具一样，实在等不下去，鸟店老板一回去，他就把两只新来的鸟转移到只剩一只鸟的笼子里，这引起了一阵超越想象的喧嚣。新来的两只鸟根本不登栖木，只是噼噼啪啪地从笼子一侧飞到另一侧。原来的戴菊鸟在恐惧之余，只是伫立笼底，惊悚地仰望着那对新鸟的骚动。两只鸟像遭遇危难的夫妇，相互呼唤着，三只鸟始终都鼓动着怯懦的胸脯。一把鸟笼放进壁橱,那对夫妇鸟就呼叫着相互依偎,而失伴的雌鸟则独立远处,惶惶不安。

这哪儿行!他为它们分笼。一方面看着夫妇安然,一方面觉得雌鸟可怜。于是,他把原来的雌鸟和新来的雄鸟放入一个笼子里,新的雄鸟同分离的妻子互相呼叫,而与原来的雌鸟并不亲密。尽管如此,不知不觉,它们挨着身子睡着了。第二天傍晚再并作一笼,它们就不像昨日那般闹腾不休了。两只雌鸟的头分别从两边插入雄鸟身侧,三鸟团圆,一体而眠。于是,他把鸟笼放在枕畔,也睡了。

不料,翌日早晨醒来一看,两只鸟犹如一团温暖的毛线球睡在一起,另一只鸟却躺在栖木下边的笼底,羽翼半开,两腿伸着,眯着双眼死了。他悄悄捡出死鸟,好像怕被另外两只鸟发现似的,瞒着女佣扔进垃圾箱,只当是自己残杀了那只鸟。

"是哪只鸟死了?"

他再次望了望鸟笼,同预料相反,活着的倒

像那只原有的雌鸟。比起前天新来的雌鸟,他更喜爱那只已经喂养了一段时间的熟悉的雌鸟。或许是偏爱促使他这样想的吧,过着没有家人的单身生活的他,憎恶自己的这种偏见。

"既然情感还是有差别,那为何还要同动物一起生活呢?人不也是挺好的吗?"

大家都认为戴菊鸟很娇弱,容易死掉,但他的两只鸟很健康。

打从偷猎者手里弄到小伯劳时起,为了饲养来自山里的各种鸟,他几乎连外出的时间都没有了。他把洗脸盆放在廊缘上,打算给小鸟洗澡。这时,藤花飘落到盆里了。

他一边倾听翅膀拍打出的水声,一边扫除笼里的鸟粪。这时,墙外传来孩子们的喧闹声,从他们的谈论中可知,孩子们似乎在为小动物的命运担忧。他怀疑自家的刚毛猎狐幼犬跑到院外了。他从墙头探身张望,原来是一只小云雀站立不稳,掉在了垃圾箱里,正在拼命挣扎。他突然想拾回来喂养。

"怎么啦?"

"对面那家的人……"一个小学生指着那户桐叶青青的人家。

"是他们家扔掉的,会死的啊!"

"嗯,是会死的。"他冷淡地离开墙头。

那家养着三四只云雀,这只雏鸟或许是因为将来成为鸣禽的希望不大才被遗弃的吧,何必捡回别人扔掉的东西呢?他的善心即刻消泯了。

有的小鸟还是雏鸟的时候雌雄难辨,鸟店会先从山里把一整窝雏鸟全带回来喂养,分辨出雌鸟就丢弃,因为不爱叫的雌鸟没人要。热爱动物,执着于寻求良种,这是当然的事。从另一方面讲,此种根深蒂固的冷酷是很难避免的。他的性格是,不论看到什么好玩的动物都想占有。不过,凭经验可知,这种浮华之心终究等同于薄情,只会使自己的生活更加堕落。如今,不论什么名犬或名鸟,只要是经他人之手喂大的,就算白送他也不会要。

因此,他厌恶人类,孤独的他胡乱想象着。

一旦成为夫妻，或成为父子兄弟，即使对方的人品很差劲，也难以斩断羁绊，只能绝望地共同生活下去。况且，每个人心中都各有一个"我"。

相比之下，把动物的生命和生态当作玩具，选定一种理想模型作为目标，进行人工的畸形培育，反而是一种可悲的纯洁，有着神明般的爽适。在他的这方天地里，那些疯狂追求良种、有着虐待性嗜好的动物爱好者，一方面被当作人类的悲剧性象征而被嘲讽，一方面又得到了宽容。

去年十一月，某天黄昏时分，一个得了肾病还是什么病、瘦得像干橘子似的狗店老板，路过他家门口，对他说：

"刚才，我干了一件荒唐的事。进入公园后，我松了链子，夕雾昏暗，一会儿工夫没看住它，就跟一只野狗搞上了。我立即把它们拉扯开来，混账，我狠狠地踹狗的肚子，几乎踹得它站不起来。我想不会有事吧。不过，这种令人哭笑不得的事经常有啊！"

"真不小心啊，你不是生意人吗？"

"咳，我不好意思对人说呀！就那么一转眼的工夫，我就损失了四五百元！"狗店老板抽搐着蜡黄的嘴唇。

那只精悍的杜宾猎犬，萎靡地紧缩着脖子，胆怯地仰头望着这个肾病患者。

雾霭漂流。

在他的周旋下那只雌犬还是能卖出去的。不过一旦到了买家产下杂种狗，他也会丢尽脸面。但是，尽管他反复提醒，狗店老板或许因为手头拮据，过了一阵子，在他不知情的情况下就给卖掉了。果然，两三天后，买主牵着狗找到他，说买狗的第二天晚上，狗就产下了死胎。

"听女佣说，她听见了痛苦的呻吟声，打开挡雨窗一看，只见狗正在走廊地板下吞吃自己产下的小狗崽。她简直吓坏了，因为天还未亮，看不清楚，不知产下几只。女佣当时所见的似乎是最后一只。主人马上叫了兽医来，兽医说，狗店不会偷偷将怀崽的狗出售，这只狗一定是送来前着上了野狗怀了崽，遭到了殴打或脚踹。它下崽时的样子很不寻常,又或许天生有吃小崽的习惯,所以干脆退货为好。全家人都非常愤慨,再说,这只被残害的狗也很可怜啊!"

"哦?"他随即抱起那只狗,触摸狗的乳房,"这可是养育过孩子的乳房啊,因为这次生下的是死胎,所以它才吃了。"

对于狗店老板的不义行为,他很愤恨,也很可怜那只狗,但脸上的表情很麻木。

他家里的狗也曾生过杂种狗。

他去旅行,不愿和男性伙伴同住一屋,家中也不喜欢让男客留宿,不雇用学仆。虽然无关这种厌恶男性的抑郁心情,但他养狗也只选母狗。品种不是特别优良的公狗,一般是不用来做种犬的。种犬售价很高不说,还需要捧电影明星一般大肆宣传,因此,人气盛衰难于预测,还可能卷入同种进口犬的竞争之中,带有赌博的性质。他去过一家狗店,看过作为种犬的著名梗犬[1]。那狗

---

[1] 英国产小型猎犬。

整天钻在楼上的被褥里，一旦被人抱下楼，就以为是母狗来了，仿佛成了习惯，犹如一个老练的男妓。那狗体毛细短，异常发达的器官裸露着，就连他看了也想转过脸去，心中惶惶不安。

不过，他不愿养雄犬并非出自此种缘由。其实是因为，狗产崽育崽，对他来说是最快乐的事。

那是一只性情乖戾的波士顿猎犬，它挖掘墙角，啃毁古老的竹篱，发情期时明明捆着它，可它仍会咬断绳索外出寻偶。所以，他晓得这只狗会生下杂种狗。当他被女佣叫醒时，就像一位医生般吩咐道：

"拿剪刀和脱脂棉来，赶快割断酒桶上的绳子。"

这天，中庭的地面除了洒满初冬朝阳之处，还洋溢着淡淡的清新之气。狗躺在那里，一个茄紫色布袋般的东西从它的肚子里凸出来。它不明所以地摇尾乞怜，仰望着主人。突然，他仿佛感受到一种道德的苛责。

这只狗来了初潮，可身子尚未完全雌性化。

因而，从狗的眼神上，还看不出有实际将要分娩的感觉。

"自己体内如今到底发生了什么事，它一概不知道，似乎很苦恼，不知如何是好。"它看上去稍稍有些难为情，但又完全任人摆布，也不觉得对自己的作为需要负何责任。

由此，他想起十年前的千花子，那次她卖身于他时，脸上就有着和这只狗相似的神情。

"你说做上这种生意就逐渐麻木了，果真如此吗？"

"也不好说，如果碰到喜欢的人，就不会。还有，如果是固定的两三位熟客，就不能说是生意了。"

"你很喜欢我吗？"

"怎么，这也不行吗？"

"没有啊。"

"是吗？"

"嫁了人就明白了吧。"

"是会明白的。"

"该怎么做呢?"

"你以前是怎么做的?"

"你夫人是怎么做的呢?"

"这个……"

"告诉我呀。"

"我没有老婆。"他望着她那认真的表情,有些莫名其妙。

"很像她,所以很内疚。"他抱起狗,把它转移到产箱里。

狗很快产下一胎胞衣崽,它似乎不知如何是好。他操起剪刀,撕开胞衣,剪断脐带。下一胎胞衣更大,青绿的羊水里有两个死胎。他麻利地包在报纸里了。接着,又产下三只来,都是胞衣崽。第七只是最后一胎了,小崽在胞衣里蠕动,但已经萎缩了。他稍微看了一会儿,迅速卷在报纸里。

"找个地方扔掉吧。西方人有优生的习惯,发育不好的婴儿会被杀死。这种办法固然能培育出良犬,但情感型的日本人做不到。——快给母狗喂生鸡蛋吧。"

他洗了洗手，又钻进被窝。新的生命诞生了，他心中充满新鲜的喜悦，真想到大街上转悠一圈。他完全忘记自己亲手杀死了一只小狗崽。

第二天早晨，他刚从朦胧中醒来，一只小狗崽死了。他把它挑出来放进怀里，趁着晨起散步扔掉了。两三天后，又有一只的身子变冷了。母狗在造狗窝，胡乱扒开稻草，小狗被埋在里头，没有力气扒开稻草，母狗不但没把小狗叼出来，还把它压在身下的稻草里，自己睡在稻草上。夜间，有的小狗被压死，有的冻死。就像人世间的愚蠢母亲，用乳房堵住了婴儿吃奶的嘴，使婴儿窒息而死。

"又死了一只。"他又把第三只小死狗草草揣在怀里，吹着口哨唤来一群狗，带它们一起奔向公园。那只波士顿猎犬四处奔窜，乐得嬉戏，似乎根本不知道自己害死了多少亲生儿。此时，他又蓦地想起千花子。

千花子十九岁时，被一个投机商带到哈尔滨，三年间在那里跟一个白俄罗斯人学跳舞。那个投机商毫无作为，穷困潦倒，完全没有谋生的能力。随后，他让千花子加入中国东北的一个歌舞团巡回演出，两人才好不容易回到日本。在东京待了一阵子，千花子抛开投机商，和歌舞团的伴奏结了婚，此后到各地演出，还举办过个人专场舞会。

那时候，他也算是一位关心乐坛的人，但与其说了解音乐，实际上也不过是为某家音乐杂志月月出点钱罢了。然而，为了同熟人闲谈时不缺谈资，他常去听音乐会，也观看了千花子的舞蹈，为她身体中"野蛮的颓废"所吸引。他想起六七年前的千花子，那之后究竟是何种秘密使她的野性得以苏醒？他百思不得其解。他甚至想，那时自己为何不同她结婚呢？

但是，第四届舞会举办时，她肉体的力量猝然迟钝了。他乘机走向后台，不顾她正穿着戏装、刚刚洗去脂粉，拉住她的衣袖把她拽到晦暗的舞台后。

"请放开，乳房一被碰就会痛。"

"那可不行啊，为何要干那种傻事呢？"

"我一向喜欢小孩子啊,说实话,我真想有个自己的孩子呢。"

"你想生孩子?凭那种小女子情绪,怎么专心从艺呀?有了孩子怎么办?还是趁早注意吧。"

"但实在没办法啊。"

"别说傻话啦,女艺人一个个都去养孩子,叫人怎么受得了啊。你丈夫是怎么想的呢?"

"他可宝贝啦!"

"哦?"

"以前做过那种生意的我,现在都有了孩子,多么令人高兴啊。"

"那就不用跳舞了。"

"那怎么行!"

她的声音出乎意料地激动起来,他便沉默不语了。

然而,千花子没有再生第二胎,第一个孩子也没待在她身边。或许他们的夫妻生活正是因此变得黯淡而不和谐了,这种风闻偶尔也会传入他的耳朵。

正如这只波士顿猎犬，千花子并没有一心扑在孩子身上。

对于小狗崽，如果他想救，是可以救活的。第一胎死后，他若把草秆剁得细碎些，或者在上面铺一块布片，就可以避免后来的死亡，这一点他很清楚。但是，剩下的最后一只，不久也以相同的死法随它的三兄弟去了。他并不想让小狗死掉。但也不认为它们必须活着，这种冷淡的态度，或许就是来自这些小狗杂种狗的身份。

每每有路旁的狗随他而来。回家的路并不短，他曾一边同这些狗对话，一边往家走，喂它们食物，让它们睡在温暖的被窝里。狗似乎也很能领会他的慈悲之心，为此深感慰藉。不过，自家养了狗后，他就再也不理睬路旁的杂种狗了。对人或许也是如此，他既蔑视世人的家庭，又嘲笑自己的孤独。

对小云雀也是如此，一开始他想养育小鸟的慈善之心，转眼间就消失了。他认为，捡拾人家丢弃的小鸟毫无用处，于是任凭孩子们把那鸟摆弄致死。

在他去看小云雀的时候，他的戴菊鸟已经在水里泡得太久了。

他连忙把泡水的鸟笼从盆里提上来，两只鸟都倒在笼底，像濡湿的破布般纹丝不动。他把它们放在掌心观察，两只鸟的爪子还在微微颤动。

"太好啦，还活着呢。"他兴奋地说。

其实，小鸟紧闭着眼睛，小小的身子已经彻底冰冷，看样子救不活了。但他仍然把它们握在手里，放在长火钵上熏烤，一边吩咐女佣为添得很足的煤炭扇火。羽毛腾起热气，小鸟痉挛起来。本以为它们会因浑身灼热而惊恐，随之产生同死亡战斗的力量，但他的手再也耐不住火焰的炙烤，随之把手帕铺在笼底，把小鸟放在上面，用火熏烤。手帕烤黄了，变焦了，小鸟不时像要弹起来似的啪嗒啪嗒地张开羽翼，扑扑棱棱地却站不起来，不久就又闭上了眼睛。羽毛全干了，可一离开火钵，身子就栽倒，看样子不可能救活了。女佣去问养云雀的人家，人家告诉她，小鸟身子弱的时候,可以喂以粗茶,裹上棉团。于是,他把小鸟包在脱脂棉里,两手捧住,让鸟嘴插入冷凉的茶水里。小鸟果然喝水了!不一会儿,让它们接近捣碎的食饵,它们伸长脖子啄食起来。

"啊,终于还阳啦!"

多么令人爽适的喜悦啊!仔细一想,为了救活小鸟,他已经花去四个半小时了。

两只戴菊鸟好几次想登上栖木,但都掉了下来。爪子似乎张不开。抓在手里用指头触一触,爪子缩在一起,硬挺挺的,仿佛一根即将折断的枯枝。

"老爷,刚才不是用火烤过吗?"

一经女佣提醒,他发现鸟腿的颜色已经变得干黄,糟了!想到这里,他便起了满肚子无名火。

"不是托在我的手心,就是躺在手帕上,怎么会烤焦呢?要是明天鸟爪子还不好,那怎么办呢?只得到鸟店求救啦。"

他锁上书斋,闭门不出,把鸟爪含在嘴里焐热,舌尖的触感使他渗出怜悯的泪水。不一会儿,手心的汗濡湿了翅膀。经唾沫温润，小鸟的爪子稍稍柔软了。他又怕动作粗疏弄断了鸟爪，便先小心捋直一只爪，扣在自己的小手指上，尔后再把鸟腿含在嘴里。他拆掉栖木，把食饵拨到小碟里，放在笼底。不过，小鸟腿脚不灵活，还是不能自由地站起来啄食。

"老板说了，或许就是因为老爷烤焦了鸟爪子。"翌日，女佣打鸟店回来对他说，"可以用粗茶焐一焐鸟爪子看看。一般来说，小鸟自己啄啄爪子就会好起来的。"

可不是吗，小鸟不住地用喙尖敲爪子，一会儿又含在嘴里拉扯一下。

"爪子啊，到底怎么啦？坚强起来吧！"

它以啄木鸟的气势，用力啄自己的爪子，很想凭借一双不太灵活的腿脚，果敢地站立起来。它似乎不明白，身体的那一部分怎么就坏了呢？真是百思不得其解啊！面对这个小动物生命的闪光，他真想大声鼓励一番呢。

他又把鸟浸泡在茶水里，但似乎还是含在人

的嘴里更有效。

这两只戴菊鸟都不太亲近人,以往抓在手里,它们的胸脯就会突突跳动,可在爪子受伤的最初一两天里,全然在他的手心混熟了,不但不怎么胆怯,还会一边欢快地鸣叫,一边在手里啄食。鸟的这个变化,更增加了他的怜爱。

然而,他看护小鸟效果不佳,失之怠惰。缩在一块儿的鸟爪沾满了鸟粪。到了第六天早晨,戴菊鸟夫妇互相依偎着死去了。

小鸟的死实在太无常了,早晨的鸟笼里总有意想不到的死骸。

他家里最早死的是一对红雀。这对红雀夜间被老鼠咬断了尾巴,笼子里沾满了鲜血,雄鸟第二天死了,而给雌鸟配来的一只又一只雄鸟也相继死去,唯独雌鸟自己,露着红彤彤的猴子般的屁股,活了很长时间,到头来因极度体衰死去。

"家里养不活红雀,早已不养了。"

原来,红雀这类女孩爱养的鸟,他不喜欢。比起散食的外国鸟,他更爱喂养朴素的本国碎食鸟[1]。即便都属于鸣禽，他也对金丝雀、黄鹂和云雀等叫声华丽的小鸟不感兴趣。之所以喂养过红雀，是因为那是鸟店送给他的，死了一只又买一只，仅此而已。

不过，就狗来说，他养过一只柯利犬之后，就一直不想让它断种。向往与母亲相似的女性，喜欢像初恋情人的女子，希望同与亡妻一样的女人结婚，不也是出于此种想法吗？他同动物相伴生活，只因想享受更加自由的傲慢带来的难耐寂寞。于是，他不再饲养红雀了。

红雀之后死去的黄鹡鸰，腰部至尾羽皆呈黄绿色，腹部为黄色。那柔和淡雅的体形，富有枯竹疏林之趣。尤其是同他混熟了之后，不肯进食时，他就亲手喂食，小鸟会振动半开的羽翼，惹人怜爱地鸣叫着，高高兴兴地啄食起来。小鸟甚至还顽皮地想啄一下他脸上的黑痣。后来小鸟被他放养在客厅里，常捡咸饼干屑吃，吃多撑死。

---

[1] 此处的"散食"与"碎食"，前者指以谷类为食的禽类，如鸡鸭等，后者指以河鱼、米糠和青菜等人工饵料为食的鸟和鱼类。

其后,他很想再买一只,但又作罢了,随即把一直没养过的红歌鸲送进空鸟笼里。

那对戴菊鸟,不论是溺水还是伤爪,都是他造成的,所以,他对戴菊鸟的思念之情一时难以了断。鸟店老板很快便给他送来一对新的,这回他一直守在水盆旁边寸步不离,不过给鸟洗澡的结果同上回一样。把浸水的鸟笼从盆里提出来时,鸟儿扑棱棱地振动翅膀,闭着眼睛,但好歹还能站立,比上次好多了,这次他得留心不烤焦鸟的爪子。

"又搞砸了,生火吧。"他冷静下来,有点难为情地说。

"老爷,干脆让它死掉,怎么样?"

他像突然惊醒了似的,甚感惊讶。

"上回很容易就救活了。"

"即使救活了也不会太长久,上回爪子烤成那样,我就想还是早点死了好。"

"想救还是可以救的。"

"还是叫它们死吧。"

"那样行吗?"

他即刻感到意识模糊起来,身体衰竭。于是,他默默登上二楼的书斋,把鸟笼放在透过窗户照射进来的阳光中,眼睛蒙眬地望着戴菊鸟死去。

他祈求太阳的热力能将小鸟救活。然而,他不由得悲从中来,仿佛在眼睁睁看着自身的惨状,他不可能再像上回那样,为救助小鸟的生命拼命折腾了。

小鸟渐渐断气了。他从笼子里掏出湿漉漉的死骸,托在手心好一会儿,又放回了笼子,塞进壁橱。接着,迈动双腿,走下楼梯,只漫不经心地对女佣说了一句话:

"死了。"

戴菊鸟小巧娇弱,很容易死去。但他家中同样小巧的长尾山雀、鹪鹩和山雀等都活得很好。两次洗澡都给戴菊鸟弄死了,他想,这或许是命中注定吧,就像死了一只红雀之后,这个家就很难再养红雀了。

"我和戴菊鸟绝缘啦。"

他笑着对女佣说，躺倒在餐厅里，任凭小狗们拉扯他的头发。他从并排放着的十六七个鸟笼里挑了一只猫头鹰，带到书斋里去了。

猫头鹰看着他的脸孔，怒张着圆眼，短缩的脖子不停转动着，嘴里吱吱叫，呼呼地吹气。这只猫头鹰在被他盯着看时，什么也不吃。他用手指夹着肉片靠近它，它愤然叼住，一直把肉片挂在嘴边，不吞进肚子。他曾一直熬到天亮，似乎在同它比谁更耐心。他在旁边，它根本不肯朝食罐瞅一眼，身子也一动不动。到了天蒙蒙亮时，猫头鹰也许饿了，可以听到爪子踩着栖木向食罐移动的声音。他回过头去，只见它高耸着冠毛，眯着眼睛，带着一副阴险而狡猾的表情，向食饵那里探头探脑，猛然抬起头，又朝他狠狠吹气，随后摆出一副素不相识的样子，他故意不看它。其间，再次听见猫头鹰的爪子滑动的声响，双方视线碰在一起，它又马上离开了食饵。如此反复多次后，这时，伯劳高声唱起欢乐的晨曲。

他不但不憎恶猫头鹰，反而将它看作愉悦的

慰藉。

"我在寻找,有没有这样的女佣呢?"

"嗬,你也有谦让的时候啊。"

他带着不悦的神色,不再望向那位朋友。

"唧唧,唧唧。"他呼唤身边的伯劳。

"唧唧,唧唧,唧唧,唧唧。"伯劳仿佛要吹走身边的一切,高声回应。

虽然与猫头鹰同属猛禽,但这只伯劳和他更亲密,喂食时总像个撒娇的小姑娘一样接近他。听到他外出归来的足音,或者轻声的咳嗽,它都鸣叫着回应。一飞出笼子,就总在他肩膀、膝头绕来绕去,欢快地颤动着羽翼。

他把伯劳置于枕畔,代替闹钟。早晨天一亮,只要听到他翻身、动手,或整理枕头,小鸟就"恰恰恰"地对他撒娇,哪怕听他咽唾沫,都要对他"唧唧唧"应答一番,过一会儿就高声叫他起床,宛若清早的一道闪电,猝然划过天宇,为他带来欢乐与爽适。同他多次对话后,等他完全清醒过来,它就开始模仿各种鸟,静静地鸣叫起来。

伯劳首先使他感到"今日也很难得",接着便是各种持续不断的鸟鸣。他身穿睡衣,用手指蘸着食饵给伯劳吃,空腹的鸟猛地咬住手指,他权当那是接受了他的爱。

哪怕出外旅行一晚,他梦中也离不开动物,这常常使他半夜醒来,所以,他几乎不离家门。这一习惯逐渐发展成怪脾气,有时独自一人外出访友或购物,半路觉得太孤独,受不了,就立即折回家来。没有女伴一道出行时,便只好叫小女佣作陪。

既然去观赏千花子的舞蹈,又叫小女佣抱着花篮作陪,这种情况下他就不大会随便吩咐一声"算啦,回家吧"。

当晚的舞会由某家报社主办,十四五位女舞蹈家参演。他有两年多不曾观看千花子跳舞了,这回他也不想看她堕落的舞姿。流连在野蛮的力中,不过是庸俗的谄媚,舞蹈的基础形态连同她肉体的张力一起,完全崩溃了。

纵然司机那么说,可碰上葬仪,家里又有戴

菊鸟的尸骸，以种种不吉利的象征为由，他叫小女佣把花篮送到后台去。听说她很想和他见面，但看了刚才的舞蹈，同她详谈也不会愉快，所以他只是趁幕间休息时立即赶往后台，没有在入口停下，而是迅速躲进门后。

千花子正在让一个青年男子为她化妆。

她静静地闭着双眼，稍稍向前伸着脖颈，一副交由对方任意摆布的样子。她那一直不动的白皙的面孔上，还剩双唇、眉毛和眼睑没有描画，看起来犹如没有生命的人偶，那简直是死人的面孔。

将近十年前，他曾经想同千花子一道殉情。当时，他成天念叨着"想死，想死"，这两个字几乎成了口头禅，但又找不出非死不可的理由。他每天独自一人和动物守在一起，对他而言，这种想法不过是漂浮于此种生活之水面上的泡沫罢了。千花子呢，似乎有人从别处为她带来了这个世界的希望，她便一味茫然地任人摆布，他觉得这不能算是活着。因而，他感到千花子可以作为殉情的对象。果然,和千花子说了之后,从她的表情可知,她并不明白自己所做的一切有何意义,只是一口答应下来,仅仅提出了一个要求:

"请把我的脚绑紧,据说舞者死时,脚还会吧嗒吧嗒地踢裙子呢。"

他一边用细绳捆绑着,一边赞叹她的一双美足。

"人家也许会感到惊奇,这小子竟能和如此漂亮的女人死到一起去。"

那是仲夏的一个午后,她背朝他而卧,天真地闭着眼睛,稍稍伸长脖颈,接着双手合十。这时,难得的虚无仿佛天边的一道闪电,把他击倒了。

"啊,不能死啊!"

他既不想杀人,也无意寻死。他不知道千花子是真心想死,还是故作玩笑。看她的表情,似乎两者都不是。

不过,似乎是别的什么才让他惊讶万分的。打那之后,他既不想自杀,也不再把这个口头禅挂在嘴边了。

当时，一个声音在他心底响起：不管发生什么事，他都必须永远感谢这个女子。

千花子将妆容委托给青年男子，使他想起她过去双手合十时的面容，刚才在汽车里浮现的白日梦亦如此。即便是在夜里想起千花子，他也会产生自己正包裹于盛夏白日令人目眩的光明之中的错觉。

"不过，自己为何突然躲在门后头呢？"

他自言自语沿着走廊往回走，一个男子亲切地跟他打招呼，他一时想不起来这人是谁，而对方则颇为兴奋：

"还是那么优秀啊，这么多人一起跳，更显千花子最出色。"

"啊！"他想起来了，这人是千花子的丈夫——乐团伴奏。

"最近怎么样啊？"

"啊呀，本来想去看望您的。去年年底，我和她离婚了。不过，千花子的舞姿还是出类拔萃，实在优秀！"

他想，自己也得找一些好听的话说，可不知为何心里发慌，憋闷得喘不过气来。这时，他脑子里浮现出一句话。

正巧，他怀中有一部在十六岁死去的少女的日记遗稿。他最近在阅读一些少男少女的文章，感到无比快乐。十六岁少女的母亲为遗体化妆，在女儿去世的日期下，也就是日记的最后一页，写下了这样的句子：

　　生来初化妆，娇美新嫁娘。

昭和八年（1933）

母亲的初恋

一

佐山叮嘱妻子时枝,不要再叫雪子做洗洗涮涮的活计了,婚礼时搽不上白粉就不好办了。

按说这种事,作为女人家的时枝本应主动关心,何况雪子又是佐山旧情人的女儿,有这层关系在,佐山不便向时枝直接提起这类事情。

不过,时枝倒也没显得有多不情愿。

"是呀,"她点点头,"至少得跑两三趟美容院,适应化妆了才行,不然的话,到时一下子搽很厚的白粉,恐怕不习惯。"

说罢,她喊雪子:

"雪子,你不要再做饭洗衣服了,杂志上经常说，婚礼时手太粗糙的话，会很难看的……还说，睡觉前都要搽护肤霜，戴上手套休息。"

"嗯。"

雪子从厨房里擦着手出来，跪坐在门槛边倾听着，她的脸没有红，听罢便低着头又回去烧菜了。

这是前天傍晚的事，而今天中午，雪子依然在厨房里忙碌着。

看样子，直到举行婚礼那天，雪子都要做好早饭才肯出门吧。

佐山琢磨着，定睛一看，雪子正端着小碟，舀起一勺汤，伸着舌头细细尝着，高兴地眯着眼睛。

"好可爱的新娘子啊！"佐山好奇地走过去，轻轻拍拍她的肩膀，"你烧着菜，在想什么呢？"

"烧着菜？"雪子答不出话来，一时愣住了。

雪子喜欢做菜，打女校三年级开始，一直在给时枝打下手，去年刚毕业，就能独自下厨了。如今，时枝也会叫雪子过来调味，有时会这样喊道：

"雪子,快来瞧瞧看。"

眼下,雪子就要出嫁了,佐山才猛然想起,雪子和时枝做的菜完全是同一种味道。

就算是母女或亲姊妹,也不见得能烧出口感如此一致的菜肴。佐山回忆起乡下老家的两个姐姐 出嫁前都学过烧菜的本领,可二姐烧的菜,总是甜味太重,一直是大人的笑料。

佐山偶尔回一次乡下,老母亲做的饭菜虽然很令人怀念,但早已不合自己的口味了。如今佐山家的口味,或许是时枝从娘家带来的。雪子十六岁被领回来时,就完全接受了时枝的口味,她也将把这种口味带到婆家去。说奇怪倒也奇怪——这类事一定还有很多很多。

雪子做的饭菜能合她丈夫若杉的口味吗?

佐山越发关爱雪子了。他走进餐厅,抬头看了看鸽子形挂钟,高声叫道:

"喂,快点,我要赶一点零三分开往大垣[1]的

1　岐阜县西南部城市。

火车。"

"来啦。"

雪子迅速端来饭菜,又招呼了一声在后门砸木炭的女佣。接着,雪子也一起坐下,照顾佐山和时枝吃饭。

佐山看看雪子的手,倒也没有因为洗涮变得特别粗糙,或许她生来就白,又只有十九岁,手腕子鲜嫩嫩的,散着温馨的芬芳。

佐山不由得笑了笑。时枝抬起眼睛:

"笑什么呀?"

"瞧,雪子戴戒指了。"

"哎呀,不是订婚戒指吗,既然是对方送的,就让她戴上了,这有什么好笑的?"

雪子脸红了,摘掉了戒指,她看上去有些慌乱,随即把戒指藏在坐垫底下。

"对不起,对不起。没什么好笑的,怎么说呢?我这个人哪,时不时就犯这爱笑的毛病……寂寞的时候,也常常一个人发笑。"

佐山不住地辩解,雪子依旧绷着脸,似乎坐

不下去了。他也不明白自己为何笑，但雪子那羞惭的样子也非比寻常。

佐山换上旅行的西装，吃完饭就走出家门。雪子拎着皮包，抢先出了大门。

"给我吧。"佐山伸过手去，雪子悲戚地仰望着佐山的脸，摇摇头。

"我送您上汽车。"

看来她有话要说，佐山想。

佐山去热海，是为了给雪子和若杉的蜜月旅行订旅馆。他特意走得很慢，可雪子什么也没说。

"你喜欢什么样的旅馆呢？"这问题佐山已经问了好几次了，这时又问了一遍。

"就照叔叔满意的订好了。"雪子默默站立着，直到汽车进站。

佐山乘上车后，雪子还在目送他，过了一会儿，又把一封信投进路边的邮筒。她投信时显得并不轻松，似乎迟疑了一下，动作很沉静。

佐山透过车窗，回首眺望站在邮筒前的雪子的背影，他想，也许该让那孩子长到二十二三岁再结婚为好。

刚才的信上,好像贴着两枚四分钱的邮票,究竟是寄往哪里的呢?

二

正如时枝所言,要订蜜月旅行的旅馆,只要打个电话或寄个明信片就可以了,但佐山借口顺便搜集写剧本的素材,要亲自去走一趟。

雪子打记事时起,就一直为不负责任的继父和贫困的家境所苦,后来被佐山家收养,虽说安定了下来,但也仅仅是有了个着落。要是寄养在亲戚家里倒也罢了,问题是这种关系来自一段奇妙的姻缘,对她来说,或许只是被关进了一间新的监牢。

只有通过结婚,才能拥有自己的家庭和生活。

佐山希望雪子从结婚的第二天早晨开始,就

能从这种强烈的解放感和独立意识中觉醒过来。他要为她寻找一家风景优美的宾馆,让她觉得仿佛跳出洞穴,走向旷野,眼前云开雾散,晴空万里。

可以展望大海和港湾的朝南的热海饭店倒也合适,但饭店的布局不太好,而且里面住着众多新婚伴侣,聚在一块儿的话,性情内向的新婚妻子雪子会难以应酬。再说,近期时兴的那种专供狎妓游乐的厢房[1]式经营,也显得过于露骨了。

最后,佐山选择了一家古老的出租别墅式旅馆。厢房点缀在树木和丘陵组合的广阔庭院之中,瀑布,水池,自然天成,风景闲适,让人觉得好像就在自己家;还设有温泉浴场,就在一座近山小镇的郊外,位置十分理想。

佐山站在庭院里窥视其中一间稍远的厢房,觉得有些昏暗,但还是立即订了下来,接着就回到主楼自己的房间。他本想着无所事事度过两天

---

[1] 指独立于主建筑之外的单间。

倒也愉快，因此一本书都没有带。坐了两个小时，佐山已经感到十分无聊。

"这种日子，真是没意思。"他独自嘀咕着。

佐山立即觉察到，思索和想象的泉水似乎已经干涸，太可怕了。

自己究竟被什么所骗，才过上了这种看似忙碌的日子呢？

电影厂的工作不算多。尽管四十刚出头，作为影视作家的佐山就已经退隐，不需要每天都去厂里坐班了，改编那些无聊小说的任务，也一并交给了年轻人。他只是与那些志同道合的老导演结成对子，随便写写自己喜欢的东西，看来，这主要仰仗多年的功劳，同时也证明了佐山地位的牢固。

然而，反过来想想，这也意味着他不再是在职的影视作家了，对于电影厂来说，他已经是一个无用的人了。

纵然对于电影人气的骤变早已司空见惯，可一旦降临在自己头上，那种狼狈让他觉得，自己好似一位不得不转而担任老年配角的过气女星，所以他这阵子也不安起来。

是作为影视作家力求东山再起，还是离开电影厂重新捡起旧有的行当，回到戏曲编导的岗位上呢？佐山一时犯起了犹豫。一家大剧院邀请他为明年二月的公演写剧本，这是阔别已久的戏曲事业，他将此看作转机，打算在温泉旅馆静静地构思一番。不料，写惯了的电影画面却断断续续浮现出来，弄得他很是头疼。这些场景里出现了几个当下早已不知去向的女明星，简直就像过往的亡灵。

不管怎么把这些画面勉强连缀在一起，也只能组出老套的电影故事情节，根本显不出自己的特色。他后悔了，不该为此舍弃青春年华。不过，一想到要丢掉制片厂影视作家的思维方式，他又立即坐不住了，脑子里一片空白。

"要不要把老婆叫来呢？"

无聊之极。佐山笑了，慢悠悠刮起胡子来。

时枝虽然比佐山小十一岁，但成天把自己关

在小家庭中，一心扑在孩子身上，几乎忘了自己的青春年华。佐山认为这是合乎天理的，而自己这般出于职业需要，在今后的某一时刻还要同孩子竞争青春的人，迟早要遭受老天爷的责罚。

佐山记得，雪子的母亲民子刚三十二三岁时，浑身的骨头就像散了架，一副疲惫不堪的样子。

"我打心眼儿里为您的成功感到高兴。"

那时民子打心眼儿里信任佐山，经她面对面这么一说，佐山也未加否定。

民子又说道：

"您的大作我一直都在看，还经常带孩子一起去呢。"

佐山很意外，听到"大作"一词，立即脸红了。一部电影，由小说家的原作改编，再经导演执导拍摄，作为一名编剧，属于他"大作"的部分又有多少呢？再说，编剧要听取各方面的意见，并不自由，眼下被说成是佐山一人的"大作"，听起来反而带有讽刺的意味。

然而，这不是编剧诉苦的时候，佐山转换话

题，问起民子的孩子——那孩子，就是如今即将出嫁的雪子。

这是六年前的事，当时妻子时枝领着孩子购物回来，发现有个女子正扒着门板向家里窥探。时枝打算绕到后门去，那女子一看到时枝，顿时像偷食的猫儿一样逃走了，但还没有跑到大路边，就撞在人家的板壁上，随即蹲伏下来。

时枝有点害怕，她向佐山报告：

"您快回家看看。"

或许是和电影厂有关系的女演员吧？佐山立即回家去，却一个人都没看到。他问时枝，那到底是个什么样的女人。

"打扮得并不奇怪，像个病人。"

"病人？"

夫妻俩正说着，门口传来女子的声音。

时枝睃了佐山一眼，便出去应酬了，一回来就满脸不悦地说：

"知道吗？是民子。"

"民子？"

佐山猝然站起来，时枝用拷问的口吻问道：

"您要见她吗？"

佐山慑于时枝的严厉表情，支支吾吾地说：

"哦？为何……"

"没出息。"她冷笑了一声。

佐山正要走向门口，时枝便高声喊来两个孩子，打后门出去了。他吃了一惊，想对时枝说声对不起，可又有些窝火。

背叛自己的情人突然来访，自己主动出外迎接，确实不像样子，对妻子来说，更是无法忍受的侮辱。

然而，佐山只是想着，对方多半是来告贷的，二人间已不再有往日情人的那份感情了。门口的民子肯定也听到了时枝的吵闹，他觉得很难为情，只好代替妻子撑撑门面。

他强打精神，平静地把民子领进书斋。

"您夫人想必把我当成一个不要脸的女子了吧？"民子絮絮叨叨地说，"要是不在门口碰见夫人，今天也就回去了。前阵子我曾来过两三趟，想到自己如此不顾脸面，还是没敢迈进您家门槛。"

民子可怜兮兮地说。她很怀念佐山，那态度让人觉得不光是口头上，而是打心里想着他。这倒让佐山觉得自己对不起民子，仿佛做错了什么事。

他问她日子过得怎么样，民子宛若面对一位非常了解自己的老相识，把自己的境况详详细细说了一遍。民子第一个丈夫患了结核病，民子在家乡照料了他四年，直到他死去。她拖着个女儿，同现在的丈夫根岸再婚，已经五年了。

"我可是吃尽了苦头啦，真是罪有应得……想当初，亲手放弃了自己的幸福，落到这步田地。心情不好时，我就想起佐山君您，每每愈加悲伤，我太任性啦。"

她说，自己背叛了佐山，自当受到报应，要是跟佐山结婚，该有多么幸福。

根岸本是在朝鲜流浪的矿山工程师，回到日本后仍然不肯放弃投机心理，即便侥幸获得了在矿山工作的机会,没多久就会因为野心暴露而被开除。很多时候不知他身在何处,民子只好跑遍各处山野追寻丈夫。偶尔落脚东京,根岸便叫民子到酒馆等地打工赚钱,有点小积蓄就重新跑出家门。

民子常年硬撑着,身体出了毛病,心脏不好,又有肾病,这样的身体居然还能日夜劳作,连医生都感到惊讶。先前时枝发现她逃开时,就是因为眼睛突然看不见,昏昏沉沉倒在地上了。她时常倒地,觉得自己早晚会这样跌死的。

民子面无血色,手臂青黑,瘦骨嶙峋,毛发稀疏。

民子说,这回她终于决心和根岸离婚。

提起这事,她随即开口说想开一家咖啡馆来维持自己和女儿的生计,因而,想向佐山借五百日元。

五百日元,开不成什么好店。流行病般不断蔓延的同类竞争者中,她们的店能站住脚吗?民子这副身子,看来也很勉强。

不过，民子说：

"附近有个好店面，老板要迁回老家，说如果我愿意接手，可以便宜些转让给我。因为只是换个主儿，明天就能接管过来。女儿也很憎恨现在的父亲，她一定很乐意开店。"

"几岁了？"

"十三岁了，马上就从学校毕业了。她可以做我的帮手。"

民子还很有兴致地讲了讲咖啡馆的情况和地点。

佐山说手里没有五百日元，婉言拒绝了她。其实凑一凑也不是凑不出来，但他手头没有闲钱。

对认为佐山"已经成功"的民子来说，这一事实似乎很难接受。然而，一开口就碰了一鼻子灰的民子，或许已经醒悟，自己真不该跑来向佐山告贷。她答了句"怪难为情的"，接着就哭天抢地地大哭起来了。看样子，她彻底垮了。

由于两人没有肉体关系，所以，借钱的事根

本不可能实现。

佐山又问起孩子的事,他希望至少能从她女儿身上回想起昔日恋人的面影。

"她很像你吗?"

"不,似乎不太像。眼睛大大的,都说长得很可爱呢,应该带来才好啊。"

"可不是嘛。"

"孩子看了佐山君的电影,我也经常给她讲您的情况,所以雪子对您也很了解。"

佐山一脸苦涩。时枝还没有回家,因为是带着孩子一起走的,他也不用担心。

民子想起如今的苦楚和往日的感情,继续哭诉着。

她突然说道:

"佐山君,您倒是挺认真的啊……"她满怀感慨地说。

佐山不懂她的意思。民子此次来,到底是为了同根岸分手开办咖啡馆寻求他的照顾呢,还是为了怀念他的人品呢?

民子一待就是两个小时。

时枝在天擦黑后才回家。看了看佐山的样子，她的不安似乎消失了，也不再一味计较民子的事了。佐山告诉她，民子果然是来借钱的，还讲了不少自己的事情。

"亏她能跑来开口找您借钱，您打算借给她吗？"

"我手头没钱借给她呀——刚才你去哪里了？"

"去公园了，带孩子玩玩。"

三

在雪子蜜月旅行将要停宿的热海温泉旅馆里，佐山又想起雪子母亲的话：

"佐山君，您倒是挺认真的啊……"

这话一方面听上去像是对他的嘲讽，另一方面，又似乎是在抱怨自己没有找好男人的命。

民子的葬礼和雪子成亲等事宜，无疑也是佐山的认真和时枝的善于体恤人心的结果。

民子来后，过了两个月，一天傍晚，佐山从电影厂回家。

"今天民子又来了。"时枝对他说。

"还带着孩子……"

"哦？带着孩子？怎么样的一个孩子？"

"相当漂亮，挺可爱的，比母亲长得好看，要是您的孩子就好玩啦！"

时枝调侃道。她如此冷静，倒是稍稍令佐山感到意外。

"她们进来了吗？"

"嗯，一直待到刚刚才回去，说了好多话。她是个可怜的人儿，老是说个没完。"

时枝对民子没有任何反感了，她好像很同情民子，而且，她对同情别人的自己很满意。

民子已经无力威胁他们家的和平了。时枝和民子两个女人能够推心置腹，倒很出乎佐山的意料。

如今，从表情上看，时枝比佐山更了解这些年发生在民子身上的事。

"她说她和那位矿山工程师根岸已经分手了。"

"分手了？她开咖啡店了吗？"

"好像还没有。"

她只是为了孩子的前途考虑，真是个了不起的女人。时枝这样说着。

打那以后，民子没再来过。半年过后，佐山在银座偶然遇见民子，民子也很怀念佐山，就和他同行。

提到时枝夸奖民子的孩子时，民子高兴地扑哧一声笑了起来。民子也希望佐山看一眼雪子，说着就开始找出租车，可佐山不太情愿被硬拖着去。

"就一个人，您完全不必介意。"民子说。

麻布十番后街的民子家里，身穿水手服的雪子坐在粗糙的书桌前用功，看来是念女校了。

民子叫她打招呼，雪子走过来，行了少女的礼。其后一直默默低着头，似乎在表示用不着母亲介绍，自己很熟悉佐川。

"别客气，好好看书吧。"

佐山一说，雪子微笑着点点头，还是坐在佐川面前。

家里什么家具都没有，收拾得很整齐，反倒显得很寒酸。似乎有个男人要照顾，所以才搬来这里，佐山想。民子的身子看起来有些起色。

"那时我还是个孩子，什么也不懂。一切都像做梦，等逐渐明白过来，才打心里觉得对不起您，真没想到您还会见我。"民子又旧事重提起来。

民子的女儿还在场，让佐山觉得不好意思。民子瞟了雪子一眼，说道：

"没关系，这孩子什么都知道了，她还说起佐山君的夫人对她太好了……"

雪子到底听人家说过多少关于母亲初恋的事呢？

"雪子是个无依无靠的孩子，我要是有个万一，您能替我照顾她吗？我平时经常跟她讲起佐山君您的情况。"

民子的话听起来有点奇怪，佐山全当那是对自己真诚的信任而应承下来了。然而，民子很可能是想叫自己帮她买下咖啡店，这么一推想，民子甚至想要他怜爱雪子。民子两次结婚之外，还有相好的，像民子这样的女子，想到那样的活法，或许正是为了走投无路的女儿。

不管怎么说，佐山已是中年男子，连耳朵里都不再有清爽的青春剩下了。他听好几个女子说过，没有发生过肉体关系的男女之间，一切就像一场儿戏。

不用说，民子就是其中的第一个女人。

民子和他订婚的时候，正像她所说的，确实还是个孩子，对一切都很懵懂。后来，她突然同别的男人结婚，实在让年轻的佐山想不通。最后，他又猛地想到了一种原因，毕竟他未曾占有民子的身子啊。虽然是很平凡的一件事，可对于当时的他来说，倒是一桩惨痛的事实。

自己视为宝贝般倍加呵护的人儿，却遭到一个粗暴的男人的胡乱蹂躏，他只能眼睁睁瞧着一个姑娘的肉体莫名其妙地沦落。

民子私奔到男人那里之后,佐山找到了她下榻的小旅馆。她耸着肩膀说道:

"我已经不中用了,都变成这副样子啦。"

"你不是没出什么事吗?待在这里不是挺好的吗?"

佐山真就是这么想的,谁知民子突然站起身,仿佛要赶走他似的,啪嗒啪嗒地打扫起房间来了。其后,他有点后悔,当时应该使用暴力把她抢回家去才对。问题不在于谁更爱民子,谁更能使她幸福,而在于只有靠暴力才能获胜。

佐山遭到民子的背叛,只怪自己不好,没有怨恨她。——佐山和同学们一起成立戏剧研究会,演出学生戏剧时,民子前来为女主角做替身,这当儿,佐山向她求婚,民子一口应承下来。佐山毕业后进入电影厂,电影作为新兴的艺术,比戏剧更让他心怀理想和热情,他想通过民子实现自己的理想,使其开花结果,所以他也让民子进了电影厂,但要是眼下结婚,就不能让千年难得一遇的民子发挥她的才能了。自己到手的女人,拱手交给别人培养,这使年轻的他很不情愿,所以他想,至少得干出点成就再说,现在暂且陶醉于订婚的美梦里好了。谁知一个无足挂齿的电影小报记者,总是跑到电影厂来,说要为民子做宣传,用花言巧语就把她掠走了。

后来,民子生下雪子,到乡下去了。她照顾生病的男人,直到他死去。

失去民子那阵子,每当佐山乘坐电车,遇到和民子年龄相仿的十七八岁的姑娘,手指一旦触及她们的和服,就几乎忍不住会哭起来。

他怕自己不在的时候,民子会回家来,所以总是不能放心地出门去。

就这样过了十多年,今天民子虽然出现在佐山面前,可他对这个被榨干汁水的残渣般的女人,已经丝毫不感兴趣了。

民子所言不虚,假若她始终记着佐山,心怀歉意,一直怀念他,甚至对女儿雪子讲述他的情况,那么到头来背叛爱情的,究竟是谁呢?

民子沦落了，佐山也取得了民子所说的"成功"。民子深感悲伤和痛苦，要是当初同佐山结婚，想必会很幸福吧，她对他怀有幻想，以此给自己不幸的身世以慰藉。

即便如此，就算民子有这个打算，事到如今，也只剩民子单方面如此执着，如果佐山还死死抱着自己少年时的爱情不忘，那才是不可思议的。

播下后却被遗忘的爱的种子，经过一段曲折后结下了果实，但如何收获这颗干瘪而又酸苦的果子呢？

佐山深知，比起这些，搅乱民子一生、陷她于不幸的，一开始就是自己。他爱民子，又遭到背叛，悲哀而后忘却，他又有多少损失呢？

佐山急匆匆离开民子的家，民子带着雪子为他送行。

他登上坡道，雪子远离两人，只走在一侧的沟沿上。

"雪子。"

民子叫了一声，雪子依旧在沟沿上走着。

四

第二年四月,来了一封电报,上面写着:

妈妈民子死。雪子。

"雪子……电报是雪子打来的。那孩子独自一人,肯定遭遇了很大的困难,您不去帮帮她吗?"时枝说道。

佐山不清楚,"雪子"两个字怎么会在他心里激发这么大的悲伤。

他只去过一次她们在麻布的家,既然之后她们再没音讯传来,那么雪子又是出于何种考虑,以她个人的名义发电报过来告知母亲死讯的呢?

"不知何时举行葬礼,要是马上就办,总得准备点钱带去呀。"

"这种事……什么都得您来操心,我说您啊……"

时枝显得有点不高兴,她觉得佐山在多管闲

事。

"没法子,也算最后一次尽力了。再说,这也是意想不到的人祸。"

时枝又笑了起来,为佐山准备好了丧服。

民子家中挤满了附近的邻人,可谁也不认识佐山。

"小雪,小雪!"他喊着。

雪子跑出来了,不像是才死了母亲。她本就是一个健康、开朗的少女。

看见佐山,她似乎大为惊奇,立即露出一副难以言表的纯真的喜悦之情,脸颊上略略出现了红晕。

啊,还是应该来啊,佐山心里热乎乎的。

佐山沉默不语,走到灵前,上了香,雪子跟在后头,坐在民子头部一侧,稍稍俯下身子喊道:

"妈妈。"她呼唤民子,随手揭起死者脸上的白布。

雪子把佐山到来的讯息告诉母亲,又给佐山看了民子的容颜,这对佐山来说,比民子已死的事实更能激起他心中的波澜。

佐山望着一块白蜡般静默的民子:

"好安详的表情呢。"

雪子点点头。

"我妈妈……"

"你妈妈她?"

"她问佐山先生好呢。"

雪子立即抽噎起来,双手捂在脸上。

"为此,你才给我发电报的吗?"

"是的。"

"你做得很对,谢谢,"佐山把手搭在雪子的肩膀上,说,"小雪,你不能哭,你要是哭,大家都不知如何是好了。"

雪子诚恳地反复点头,擦去眼泪。

佐山用白布盖住民子的脸。

电灯已经亮了。

佐山既不好回去,继续待下去又有些不自然,他想看看情况再说。于是,他退在一角守候着。雪子连忙把坐垫、茶水和烟灰缸送到他面前,她在拼命为佐山忙碌着，眼里似乎根本没有别的客人。即便雪子还是个小姑娘，可这种做法过于明显了，人家会怎么看呢？佐山把雪子叫到了外面。然而，悲伤之中的雪子几乎不曾意识到的事情，佐山怎能说出口呢？他总不能对她说：你不要只在乎我一个人。

"帮忙办葬礼的人都有谁呀？"

"要叫他们来吗？"

"不用了。守灵的夜宵准备好了吗？"

"不知道。"

"还是预订一下为好，这附近总有寿司店吧？"

"嗯，有的。"

"一起去看看。"

他们沿着昏暗的斜坡下行，走着走着，佐山伤心起来。

雪子依旧贴着沟沿前行。

"可以走中间呀。"

佐山这么一说，雪子大吃一惊，立即紧紧贴

了过来。

"啊,樱花开了。"

"樱花?"

"哎,瞧那里。"

雪子往一座大宅邸的围墙上方指去。

佐山拿出钱来,雪子仿佛看到了可怕之物,没敢接受。

"小雪总得带点钱吧,也许会用到的啊。"

佐山打算装进她怀中,谁知她一扭身,钞票散落在路上,他想拾起来。

"我来吧。"雪子明确地说。

她蹲在那里,突然像河水决口般大哭起来,接着又站起身继续往前走,仍然哭个不止。

"回到家可不能再哭啦。"

两个人回来了。或许其间附近的乡邻在商量后,一致认为应该重用佐山,或者依靠他,就一起来找他谈事情。

民子的老父亲从乡下赶来了,看上去就是个贫穷的老百姓,什么也不懂,只是一味客客气气。

乡邻们看到佐山一脸疲倦，一个劲儿劝他先去睡觉，他们还说：

"小雪这段时间也累了，今晚应该休息，不睡足觉，明天受不了。快，快去吧，隔壁楼上有床铺，快领叔叔去吧。"

佐山见雪子站在身边等自己，便也上了隔壁的二楼。

六叠的房间里早已铺好了三个睡铺，顶头的铺上躺着一个女人，佐山则睡在靠近壁龛的位置。

雪子一直在中央的睡铺上翻来覆去。

"你睡不着吗？"

佐山向她发问，她又开始抽噎。他伸手远远地稍稍抚上雪子的头，雪子抓住佐山的手，放在自己的脸颊上。

手心溢满了雪子温热的泪水，这泪水传达的可是民子悲切的爱啊！佐山对此毫不怀疑。

"睡不着吗？"

"嗯。"

"你很难过吧?"

雪子边摇头边说:

"这被子很臭,让人恶心……"

"哦?"

佐山过去一闻,男人的体臭扑面而来,他突然意识到雪子是个女子了。

"我跟你换一换吧,不知道这是哪个男人的被褥。"

第二天早晨,雪子把佐山给她的钱付给了火葬场。

五

雪子照旧每天准备早饭,直到举办婚礼的那天。

"小雪,你就放下吧。'

时枝说道。她呵斥孩子的声音惊醒了佐山,他起来后过去一看,雪子正在为两个上学的孩子装盒饭呢。

时枝也对女佣发牢骚。

"没关系的,阿姨,今天是最后一次,你就让我来做吧。"

她把饭盒交给两个孩子,说道:

"好啦。"

雪子一手领着一个孩子出去了。

"我说过,最后一次尽力,你还记得吗?"

看着雪子的背影,时枝冲着佐山笑了。

"是啊,送她出嫁,这就是最后一次尽力啊。"

"怎么样……说不定还会一时难以了断呢。"

然而,收留雪子,其实更多是出自时枝的同情。

民子的葬礼过后不久,佐山给雪子写了一封信,却被贴了纸条退回了,上面写着:"收信人转居后新址不明。"

一天,时枝去百货商店,遇见在餐厅里打工的雪子,回来说:

"好叫人怀念啊！咱总不能坐视不管呀。可怜的孩子，听说从女校退学后，寄住在百货商店的集体宿舍里……要是您见了，肯定会叫她到我们家来的。"

这些情况综合起来，雪子就自然成了佐山家的一员了。

雪子可以继续上女校了，同时，她又照顾孩子，到厨房做饭，踏踏实实地苦心劳作着。时枝呢，也似乎忘记了雪子是丈夫昔日情人的女儿，只是一个劲儿喜欢她。

让她结婚，让雪子加入佐山家户籍，把雪子当作养女看待……都是时枝的主意。

经常进出电影厂的洋装店裁缝，平时以做媒为副业，看见雪子后便来提亲，正合时枝的心意。

"小雪老实，人又好，但有时会走神儿。应该让她嫁人啦。再说，总不能长期把人家的女儿关囚犯似的关在家里呀。"时枝说道。

对方姓若杉，三年前大学毕业后做了银行职员，少有家累，对雪子来说，实在是一门极好的亲事。

雪子答应一切皆由佐山夫妇做主。

婚礼当天的早晨，全家例行公事似的出席祝贺雪子出嫁的喜宴。雪子致辞后，时枝说道：

"小雪，假如你觉得痛苦，实在待不下去了，就回这里来。"

时枝说罢，雪子立即嘤嘤抽噎起来，哭得两手发抖，跑出屋子。

"你怎能说出那样的浑话？要是自己的女儿，就不会那么说。"

时枝捅了捅佐山：

"我要是不那么说，她不是更可怜吗？"

"话虽如此……"

"别说了，不管是谁家的闺女，出阁嫁人时都要哭一阵子的……雪子也不例外，她也成了咱家的女儿。"

饭田桥的大神宫里，新郎若杉一方，并排坐着亲戚十四人，而新娘雪子一方，只有佐山夫妇两人。宽敞微暗的婚礼大厅显得冷清清的。

婚宴除了佐山的两对友人夫妇，还额外邀请了雪子女校的十个同学参加，这些身穿未婚和服的小姐们，为婚礼增添了华美的色彩。

佐山在新娘家属席坐下，说道：

"好漂亮的新嫁娘啊，显得很端庄……"

"是啊，着装时我给她垫了胸呢。"

"垫胸？你垫了些什么啊？"

"别声张。"时枝叮嘱丈夫。

佐山想起民子，感到十分悲伤，他实在不能沉默不语，他怀疑民子的幽灵正在窥探女儿那身新娘的装扮，于是回头瞅了瞅窗外。

"真是想不到啊，雪子把上的菜全吃完了。"

"是啊，我叫她好好吃，如今的新媳妇都爱吃，什么都不吃反而不好。"

"是吗？看起来有点豁出去了的感觉。"佐山小声嘀咕道。

新婚旅行出发时，佐山夫妇没有送行。时枝说要送到车站，被佐山制止了。

"新娘的父母是不送行的。"

婚宴结束,乘车回来的一路上,寂寞冷清得叫人受不了。佐山默默伏着身子,过了好一阵,茫然地说:

"这可是真正的婚礼啊。"

"是啊——也算是我对民子尽了一份情谊……对吗?"

"你怎么说这种怪话,算了吧。"

"哎,我说你是不是喜欢小雪?"

"是喜欢呀。"佐山平静地回答。

"其实你不该顾忌我的面子让她嫁人……让她在家再待上三四年多好,没想到现在竟会这般寂寞。"

时枝也同样很平静。

"把她嫁出去,总觉得有点残酷呢。"

"好可怜啊——假若结婚前让他们再交往些时候,让雪子和若杉熟悉了,就不会是这番心情了……"

"那是。"

"我再也不想让自己的孩子就这样嫁人了,一定叫她谈恋爱，叫她谈朋友。"

时枝是指佐山家的大女儿。

第三天，新人旅行归来后，还要到媒人家行礼。佐山到若杉和雪子的新居一看，想不到根岸坐在那屋里，正向雪子大发雷霆呢。

根岸也对佐山毫不客气，说佐山连个招呼都不打，就独自决定让雪子嫁人，简直是犯糊涂了。根岸虽然在一段时间里是雪子的养父，但雪子没有入他家的户籍，况且他已经和民子离了婚，所以这指责完全是在找碴儿，无理取闹。

根岸坐进佐山的车子，扬言要一起去若杉的父母和媒人那里。佐山打算送他回家，在一座大楼前停了车，随后领他到地下室说话。谁知，当时说要稍稍离开一会儿的雪子却一直没有回来。

佐山想，雪子肯定是回到自己家躲起来了，就让若杉回去了。

但是，当晚雪子也没有回佐山家。

难道雪子害怕新婚家庭会受到根岸的威胁，就离家出走，或自杀了吗？

佐山给雪子最要好的女校同学打电话。

"结婚前夕,她给我写了一封很长的信,不过有点……"

"有点?是说信吧,都写了些什么呢?"

"有点……我可以说吗?"

"请说吧。"

"不过,我也不太明白,雪子同学好像有了喜欢的人。"

"啊?喜欢的人?是指情人吗?"

"我也不知道,我……不过,她说她母亲对她说过,初恋并不会因结婚或别的什么原因消亡的,因此她会乖乖出嫁的。关于这些,她写了好多好多。"

"啊?"佐山手握听筒,蓦地闭上了眼睛。

第二天,因为有脱不开的要紧事,佐山去了电影厂。雪子一大早就赶来了,正神情悄然地等着他。

佐山立即叫了辆车,让雪子坐进去。

自己愚蠢也罢,糊涂也罢——眼下,他一概

不提这些。

"对根岸，没什么好怕的。"

"是的，那号人算不了什么。"

"此外你还有什么苦恼吗？——时枝说了，你要是有苦恼，可以回去啊……"

雪子一直在凝视面前的车窗。

"那时候，我只想着，夫人是个幸福的人。"

这是雪子唯一的一次爱的告白，也是对佐山唯一的一次抗议。

要不要叫车子把雪子送回若杉那里，就连佐山自己也弄不明白了。

从民子到雪子贯穿而来的爱的电光，一个劲儿地在他心头闪烁。

昭和十五年（1940）

朝云

一

第一次去教室时,她就站在回廊下的一角,透过古旧的窗户仰望天空,白云的边缘似乎还稍稍残留着朝阳的玫瑰红。

那之后,每次值日擦玻璃窗时,我都会想起那天的情景,她就是透过这块玻璃观看天空的啊。于是我呵上一口气,仔细地揩拭,自己也学着向天上仰望。这件事,我一直没告诉和我一起值日的同学,她本人也一定没注意到——只有自己曾经驻足抬头望天的那块玻璃特别洁净。

然而,她为何站在那里望云呢?作为老师,她首次踏入教室,是否因此突然犯起了犹豫,或者想借此躲避我们等待已久的目光?

她在第一堂课的致词中说道:

"听说云彩因所在地不同而形状各异,这是真的吗?例如,静冈的云和四国的云,越后的云和仙台的云,形状都不一样。乘坐飞机时,观察云的形状就能知道飞机正飞过哪里。中国台湾的云和北海道的云肯定不同。那么,每个地方都是如此吗?"

她望见云彩就会想到自远方来这里当教师的自己吧?

我们初次听说云彩有这种现象,也想说点什么,但大家都沉默不语,甚至都不敢随便挪动一下身子。谁会头一个和这位漂亮的老师对话——光是这一点就定会在我们之间引起骚动。她的美艳首先给人一种冷淡的印象,引起了我们女孩子的警惕。

她的授课内容过于浅显而不足。前任老师每讲到一处,自己总会陶醉于文章中,抑扬顿挫地朗读起来。同那位老师相比,她总是老老实实地念书,那种阅读,宛若穿着便装拉家常,听上去不像一位语文老师在讲课。要是前任老师听到学生像她这样念书,一定会提醒道:"不懂文章的意思吗?"她的讲解也过于简单,不像前任老师那样会对文章做多方面的鉴赏,进度如此快速,本来一年的课程,估计只需三四个月就可以上完。

前任男老师非常有自信,他甚至在课堂上也说过,自己不会永远被埋没在一所地方女校做教员 只要他的研究论文发表在文学专业的杂志上,他就会拿到课堂上来读给我们听。女校二三年级的我们虽然不很懂,但都很崇拜他。当他终于实现早年夙愿,成了一名高校讲师出人头地时,便毫无留恋地同我们的学校分手了,我们因而愈发感到老师的伟大,也因被留在这里而愈加寂寞。我喜欢语文,成绩也很好,心想,等从女校毕业,总有一天要通过文学研究,再为先生所赏识。

她前来继任,恰在我们刚刚升入三年级的四月。

六月,依往年的惯例,我们女校召开学艺会[1],我们班出演的节目属于语言类,本以为会是

---

[1] 即学习成绩汇报演出会。

作文朗诵或会话交流，她却要我们改编读本里的诗跳舞。那是一张根据岛崎藤村的诗歌谱曲灌制的唱片，她读诗给我们听时，彻底打动了同学们，那么谁会被选去跳舞呢？

按我们女校的规定，在学艺会上演出过的同学可以不再参演。我在一年级时，参加过唱歌节目，学艺会的任务已经完成。但是新到任不久的她，对我们不太了解，竟然说："大家互相推选吧。"因此，我也被选为十二人节目小组的一员了。放学后，她为我们做指导，仔细观看了我们的舞蹈动作，从十二人中又挑出了四个人，我也是四人中的一个。我很高兴，又很不安。而且，被选上的四个人，个儿都一样高。按我的理解，她不是根据水平的高低，而是按照身高挑选的，后来我便把这个理解张扬到全班去了。

有人嫉妒了，还有人哭了。尤其是入选的十二人中已经训练过好几天、再度甄选时落选的八人尤为苦恼。

"被选择是无可奈何的，人嘛，就是不断被选择，被挑拣，这样活下去的啊。"她说着走过来，露出白皙的面颜。我心里不由一惊，从旁仰望她的脖颈和下巴颏，她的美丽给了我更加彻底的刺激。

看到那些哭的人，我真想把表演的机会让给她们，但没有人对我的中选说过坏话，我因此很安心，便继续练习下去了。不过，四人中有人嫉妒我，经常"妖言惑众"。

"菊井老师和小宫很亲密，我去借唱片，她却瞪着我问，你是宫子同学吗？"

我很生气，气得我实在受不了。可这位同学的话于我而言是值得高兴的事，干吗要生气呢？后来，我感到很难为情，觉得对不起老师，我真想站出来澄清，她是一位很公平的老师。可当时正在气头上，什么都没说出来，那个同学也没再撒谎骗过人。

"小时候体弱，学了点舞蹈，已经不成样子啦。考入女大之后，一次舞都没跳过，"她说，"不过，跳舞还是很快乐的事。"

她的舞蹈老师是由日本舞改学西洋舞的名人。我们经常在报纸和杂志封面上看到这位女性舞蹈家的照片。单单向这种人物学习过舞蹈这一点，就使我们惊诧不已。遥远的华丽飘然飞至身边，我们四人只有一心一意望着她的舞蹈，觉悟人体动作的优美。那站立回廊下抬头望云的姿态给人带来的印象，也许正是舞蹈动作在她身体上的显现吧？在她手把手的指导下，我们体内或许也因流贯着优美的舞姿而热血沸腾。

"啊呀，宫子同学，擦擦汗吧。"她掏出手帕递给我，手帕一接触到脸孔，我的热泪便止不住地涌流下来，我捂住眼睛逃到回廊上，透过古旧的玻璃窗仰望天空。初夏的天空一派晴明，没有一丝云翳，我眯着眼睛，向着生命中全新的喜悦绽开笑容。

她用手支撑着自己汗津津的面颊，说道："好热啊。"我们四人也模仿她纤手支颐，一起说："好热，好热。"

"小宫脸红啦。"

"你也脸红啦。"

大家聊着,她瞧着我们一个个的大红脸蛋,默默无语。

我们的舞蹈获得了好评。

从此以后,"菊井老师"这几个字我再也说不出来了;而且,在她上课时也不举手了。不过,一旦被她点名,我都能在咕嘟一声不知咽下一口什么后,做出清晰的回答,回答了问题的当天晚上,我总是躲在被窝里独自微笑。

从我们的城市看去,富士山好像近在咫尺,这里离海边也很近,是个很少积雪的地方。城市中央的柏油马路两旁仍保留着东海道的森林,我沿着马路上的林荫人行道去上学。

我们女校每年二月都会组织到信州[1]滑雪,我想她一定会去的,因而自己也决定去。她虽说滑得不太好,但毕竟十分年轻,又或许是学过跳舞的缘故,进步很快。一如她阅读课文时的表达风

---

1 长野县古称。

格，她朴实无华的身影轻轻浮于雪上，十分好看。我小心翼翼地不靠近她，只是从远处密切地关注着她。

在这里，她似乎从教师这一职业中获得了解放，回到了学生时代。每当她的动作过于猛烈，我就有些不安，很想提醒她一下，我很羡慕那些可以自由地和她对话的人。回到山间小屋，我很想为她拂去背后的积雪，却胆怯地不敢伸手，这么难得的机会，我竟然没同她说一句话就下山了。

我学习语文很用功，但上课时总是严格约束自己，极力避免被她认可，极为收敛。比如明知会被点名朗读，我却没有及时应答，受到了她的批评，那时我非常难为情。她给我上课的时间只剩一年了，我要更加努力才行。

升入四年级后，五月的一天，我们利用上体操课的时间打扫弓箭场，当时我在拔草，忽然，她不知从哪里过来了，一边亲手收草，一边问我：

"第五节是什么课来着？"

我一时心慌，没有出声，一旁的人代我回答：
"家政。"

"是吗？"她轻轻点点头。

事情就这样过去了，不过，我心里很难受。

那段时间，有次练习弓道时赶上下雨，正巧碰见她从宿舍走过来，她将我挽入伞下：

"再向这儿靠靠，别淋湿了。"她说着拉拉我的肩膀，笑了。

我的肩头只披着一件运动衫，感受到她温软的手心时，我差点倒在她怀里。第二天，我把略微潮湿的运动衫拿到强烈的阳光下晒干时，一眼瞥见富士山，我不由得高声喊道：

"好美啊！"

全校师生到富士山下远足前，我从家中望见富士山，觉得很美，路上很想对她说一说，可是在她身旁又总是欲言又止，胆怯地开不了口，她也没有同我搭话。当天，她的身体似乎不太舒服，面色青白，穿了一身水蓝色洋装，随意地戴着一顶白帽子。她背倚一棵大松树，低着头。这个姿影我不会忘记,她也有忧愁吗?她和我之间没有任何联系,我初次感到,她随时都可能到其他地方去。

说起透过教室的窗户可以看见富士山,有一天,她在课堂上朗读《竹取物语》时说道:

"这是日本最古老的小说,但内容很容易理解,对吗?听我阅读,大体的意思都明白,对吗?最古老的故事,用浅显易懂的文句写出来,不是挺令人高兴的事吗?"

她说,以对少女纯洁的崇拜为中心的思想在日本的古典物语中至为难得。竹子、月亮和富士山被当作日本之美的象征表现出来,那里有古人的憧憬。她喜欢那个从竹子里出生又升上月中世界的美姬。据说从《竹取物语》的时代起,富士山就开始冒烟了。背倚松树的那一刻,她或许想起那位美姬了吧?

夏天过后,某个秋日,我看到她穿着一件胭脂红的毛衣,胸前用白毛线绣着一朵小花,给人感觉很可爱,不像平素的她。当时她似乎也是打宿舍出来，我低头和她擦肩而过，因为她并不了解我的心事。其实我根本用不着低头，想看就看好了，尽管这么想着，但我到底没敢抬起头来。然而，她那穿着毛衣的可爱身姿，使人感到她仿佛是个同我们年龄相差不大的姑娘，我因这一重大的发现震惊不已。看来，自己内心的某些东西觉醒了，那就是所谓的青春吗？我也逐渐成为和她一样的"姑娘"了，我心中充满喜悦，一双眼睛贪婪地偷偷瞅着她，同时又看看自己。在她的诱惑下，我迅速成熟了。对于这件事，她似乎一点也没有觉察。

冬天到了，校园里流行跳绳。或许是偶然吧，我正在跳的时候，她也进来了，抓住我的肩膀，和我一起跳起来。我一慌张，脚就绊在了绳子上。

"啊呀，不行啦！"她晃着我的肩膀说。

"对不起。"我颇为扫兴地打算离开绳子，可她的手依然搭在我的肩膀上。

"再来一次。"她催促摇绳的少女。

绳子又开始回旋了，我吃了一惊，闭着双眼

飞翔起来,什么也不想,只顾随着她身子的节奏飞翔,永远飞翔!我身轻如燕,弹簧人偶般跳个没完。累了,失去了知觉,但依旧顺利地飞了起来,闭合的眼睫中溢出了热泪。她的呼吸十分急促,吐出的气息吹拂着我的脸。

"累啦,不能再跳啦。啊,太疲倦啦!"

她松开我的肩膀,脱离了绳子。我浑身清凉起来,但仍然继续跳了下去。我只得一直跳下去,直到眼泪不流了为止。

上一次在学校里哭泣,是练习舞蹈的时候,还用她的手帕捂在脸上。这是第二次了。那之后的一段时间里,我老是做跳绳的梦。梦里没有地面,我有时会因沉沦于黑暗之底而惊醒。

年末将至,玩毽子游戏时,我一同她对望,毽子就会立即掉在地上。她为我数数时,我的成绩总是格外出色,同跳绳时完全一样。

但是,有时在课堂上,她整整一节课都不看我一眼,我感到很气馁,希望和空想都消失了。她打分非常严格,尤其厌恶字迹潦草的答卷,经常表示不满。我们的作文总是受到她的批评。她的教学法也和前任的男老师不同，前任老师虽然热心日本文学研究，但对于少女们写作的文章毫无感情，这一点我们也很明白。而她，对我们日常的言谈也有洁癖，总是爱从旁边横插进来：

"这个词最好不要用。"

即便在挨这种批评时，只要是被老师最先点名，我就整天都会觉得高兴。

为了她，我是否有些反常？这样下去可以吗？我很想和谁聊一聊，但还是抑制住了，心想，等毕业后，什么话都能说了，毕竟师生之间的私下交往是被绝对禁止的。我同她并没有什么实际的交往，可还是会考虑毕业后给她写信应该如何用词，这使我快乐无比。她大概不会给我回信的，我想，等真到了那时候，我可能也不会寄的。我一边思索着，一边完成梦幻的信笺。

已经迎来她调来后的第二个新年。那年新年假期，风传她要辞职，我吓了一跳。她似乎也教一年级的语文课，大家说她对一年级讲过这事。

一想到她特别关爱一年级学生，我就感到寂寞。那么，为何始终瞒着我们呢？

年底的最后一节课，她在课堂上不露声色，看不出一点迹象不是吗？我的梦想完全消失了。我取消了过年期间的种种约会，没有参加小学的同窗会，也没有去小学老师家里拜年，就连三位同学在我家的聚会也取消了。而且，每次母亲喊"宫子"时，我都会心里一惊，立即站起身跑过去。我感觉，唯有这次过年时，母亲才频频呼唤我。但是，对这件事的真伪，没有必要向任何人确认，就算在谈论这件事的场合，我也无法说出她的芳名，只能佯装不知。我竟然成了如此无情的女孩子，实在悲哀。我到后院喂鸡，手捧食饵唤鸡来吃，一眼瞥向正月里的富士山。

但是，初九那天我到学校去，本以为已经不在的她仍在校，比去年更加美丽。我跑过去，真想一头撞到她怀里。我喜出望外，不顾同学们的冷眼，硬是同她交换了手帕。此外，负责本周值班学生的还是她和久保两位值班老师。在那间逼厌的值班室，我曾挨过她的批评。她批评我的时候，一直看着我。

为了请她检查值班日志，四处寻找她时，在通往裁缝室的楼梯上看到她的背影。

"老师！"

我把她叫住了。她伫立在楼梯中段翻阅日志。冬天午后的光线早早变薄了，楼梯间稍稍暗淡下来。她把日志举在眼前，蹙起眉头查看。当我注意到自己也在集中目力，仿佛在暗处阅读什么的时候，突然脸红了。这里只有我们两个人啊，要是这时能说说话该多好，就算只叫一声"老师"也行，我决心试试看。谁知和刚才喊住她时完全不同，我的声音又发不出来了。

"好啦。"

她把日志还给了我，头也不回，径直走向裁缝室。还是没出声为好，就算再喊一声"老师"又会怎样呢？我并不想让她知道我的内心。

她经常问我："下一节是什么课？"我只会小声回答"地理"什么的。这种简单怠慢的回答，

323

简直就是在拒人于千里之外，有时更像故意摆出让对方抱有反感的姿态，她或许认为我是个可厌的女孩子。

今年，又快到滑雪的时节了。来年春天我即将毕业，这是最后一次可以和她一起滑雪的时机了，不用说，我肯定是要去的。然而，和我要好的同学，一个不去了，两个不去了，到头来谁都不去了，我不愿被人看作是特意跟她去的，所以也不去了。

"宫子同学也不去了吗？"她问。

"是的。"我断然答道。

那一整天，我都在苦苦思索：她在山间小屋会和谁一起说话呢？她是怎么滑的呢？第二天，听说她也没去滑雪，我才放下心来。这样一来，去年她在雪上美丽的姿态又历历回到眼前。我不在场也没关系，我很想让众多女同学看她滑雪的样子。

真不知是何种扭曲的心理，想让她看到，又躲在人背后不让她看到，只是暗暗瞅着她。多么

羡慕可以和她自由对话的人啊!畏畏缩缩的自己显得很可悲。每当此时,我嘴里总是不断叨咕:

"她太美啦,太美啦!"

这话成了我的口头禅。

我有时愤愤不平,像她那般俊美的女子,为何要到女校当一名教师呢?她自己一点也不知道,她活着,向这个世界散播了多少罪愆!我绝望而悲伤地想要变漂亮,都是因为她啊!

我把自己的每一天,分成能够见到她和不能见到她两类。我甚至已经知道,只要上学的时间稍微迟些,就能在校门口看见她。

樱花开放的时节,我升入五年级,到富士山下远足也是最后一次了,不巧我因感冒被留了下来。那是一个烟雨迷蒙的寒冷早晨,直到大家整队完毕,都不见她的身影。莫非她和我一道被留了下来?我心里一阵激动。不料学生的大部队刚刚出发,她就跑来了,瞧也不瞧我们这些被留下来的,一路追了过去。

我一直独自一人在心里胡思乱想,表面上风

平浪静，就这样迎来了学校生活的最后一天。最后的一节课，别的老师都对我们做分别赠言，唯独她没有说一句告别的话，也没有分别前悲伤的表现，反而始终乐呵呵的。不管同学们说什么，她都爽朗地笑着，她那样的笑脸我是第一次看到。她在我们的课桌间走来走去，仿佛自己也是一位即将毕业的女学生。像三年前那时候一样，我虽然不觉得她是一个冷酷的人，却觉得她是一个奇怪的人。同学们都在和她一味嬉闹，或许只有我力求弄明白她的内心。我为此感到寂寞。我从来没像这节课这样盯着她看过，我到最后都没转移视线。但是，唯有那一天，她一眼都没瞥向我，这是多么强烈的讽刺啊！我不认为她是在故意躲避我，看样子，她正陶醉在和大伙的欢闹之中，把我给忘了。

毕业典礼上，我无缘无故哭了起来，但我并不怎么悲伤。我请所有老师在我的纪念册上签名留念，但只有一人没有露面，那就是她。

"菊井老师，菊井老师！"

同学们到处寻找。我去校工室请校工叔叔签名时，回头一看，发现好多人都一起跑来了。走在最前头的她奔跑着，毕业生们在后头拼命追赶。

"老师！老师！"

她在生物标本室被大家围住了。要求签名的人排成一列，喧闹着。

"太过分啦！老师，太过分啦！"

"老师独自逃脱，太狡猾啦！"

我一个劲儿哭着求她，可她只写了自己的名字。

毕业典礼当天的签名是历年来的惯例，所以有的老师随手就能写上事先想好的祝词。明明谁都免不了的事，她为何逃脱呢？她好容易接过我的笔，写下"祝你幸福"一行字。这是一句极为平凡的话语，比起别的老师，她的题词最短，那是一行认真写下的小小文字。

她在其他毕业生纪念册上也都一律写上"祝你幸福"。

"老师，幸福是什么意思？"

有人半开玩笑地发问。她用平素很少见的严厉目光望向那人：

"这种事，还是问问你自己吧。"

"那么，老师祝愿的是哪种幸福呢？"那人不依不饶地反问。

"我不认为幸福是各种各样的。"她说。

"我想要和老师一样的幸福。"那位同学低声细语道。

我不由得一惊。然而，她却若无其事地笑了。

"是吗？你能这么想太好啦。"

毕业典礼结束后，回家路上，东海道古老的林荫道上方，松树的绿叶闪耀着春天灿烂的阳光，桃花含苞待放。

"祝你幸福。"我低声说道。我想，这是最好的临别赠言，没有比这更合适的话语了。

不过，我并没有和她分别。三年来秘而不宣的想法，如今终于可以自由地对她诉说了，对别人也能说明了。我一直在考虑给她写信的用词，一连几封信都能背诵下来。我被一种喷薄欲出的情愫追逼，加快了脚步。我拼命写信，三年来，我是多么迫切地在等待这一天啊！然而，把信投进邮筒的那个瞬间，我后悔了。信再也不能返回我的手中，我打破了美丽的梦，我制造了可悲的开始。

进出家门时，我都会避开那条有邮筒的道路，绕向远方。但是，除了通过更热烈的信笺追索自己的悔恨，我别无办法。我写了第二封信，她没有回。虽说这是理所当然的，但我还是怀疑那些信是否顺利到了她的手里。我把第三封信投在了她寄宿地附近的邮筒里，还有第四封信，是我亲自送到邮局的。她仍然没有回信。

女校放春假了。刚刚毕业的我，老是记挂着学校还会有什么事。她是否休假回老家了呢？她该不会从学校离职了吧？她似乎不在这座城镇了，这使我很不安。四月一日，当地报纸将要宣布县级以下教师的岗位变动，我等待着那一天。不过，调走的不是她，而是地理教师。他是这座城镇的老教师，报纸连他即将乘坐的火车发车时间都登上了，到时候或许会有好多人送行吧，她也一定会来的。我刚寄信给她，她没有回信，我不好意思再同她见面，也不能为地理老师送行了。

然而，到了那天，我还是去车站了，而且看到了她。但她不曾看到我，因为我害怕被她发现，躲在别人背后了。她和老师们很快便回去了，我一直目送着她的背影，她一点也没有注意到我，和我在校时一样。车站和城镇之间保留着旱田，她摘下一朵紫云英，又立即扔进小河，花被河水冲到我这里，我正想去捞，又赶紧作罢。小河的流水或许就是富士山融化的雪水。

回到家里，我写了第五封信。就像过去一样，我没有期待她的回信，我只是在传送我的一颗心。沉默三年，光是这段回忆，便写也写不完。

第八封信是委托我的堂妹直接交给她的。虽说这个举动有点胆大妄为，但这样的话，我至少有一次可以确定信被交到了她手里。二年级的堂格外爽快地接受了我的委托。不过到了那天,一想到她在学校时,我的信已经进入她的衣袋,我的心就怦怦直跳,仿佛眼看就要被叫到教员室去批评,我依旧没有失去在校时的心情。堂妹放学时路过我家,说信交给她了。

"菊井老师收下了吗?"我极力做出若无其事的样子问道。

"嗯。"堂妹点点头。

"她说些什么?"

"她什么也没说,只是默默收下了。"

"面孔如何?"

"面孔?很漂亮啊!"

"很漂亮吗?"我又重复了一遍,心里浮现出她的身姿。现在是五月,她该是多么美丽!我拉起堂妹的手,走向大海。

这封信依旧没有回音,我气馁了,她依然离我非常遥远。我端然而坐,仿佛为了祈祷什么,在大花瓶里插上一束玫瑰。我下定决心,再也不给她写信了。这时我才请求母亲让我报考女大。

到了五月末尾,打开日记本一看,我吓了一跳。自从停止给她写信的那天起,我的日记就是一片空白。我的眼泪啪嗒啪嗒地滴落在白纸上。我一直盯着自己的眼泪瞧个没完。我想,让眼泪浸透白纸也好嘛,我想用眼泪洗去脏污的日子。

"我没有在怨恨,不是怨恨!"

我在对自己诉说。她虽然没有为我做过任何事情,但实际上,她肯定为我付出了很多很多。我把作为少女的日月全部奉献给了她,自己也获得了新生,她依然只是一位不可接近的恩师。我必须成为一个面貌更俊美、心地更善良的女子,只有这样,才能得到她的留言赠语。

"你同宫子同学很像啊。"

堂妹向我报告,她曾这样对堂妹说过。听了这话我又高兴起来了,她还记得我,还在夸赞着我呀!作为感谢的礼物,我请求父亲让我把那天插了玫瑰的中国辰砂花瓶送给她。父亲没有同意,再说,托人转送,体积也过大。我编制了台心布,寄托在堂妹那里。据堂妹说,由于纸袋过于显眼,丙次错过了交给她的良机。我只得打成小包裹邮寄给她，她连一枚确认收到的明信片都没有发来。

五年级学生从东京出发到日光[1]旅游，其中也有我熟悉的人，或许还有可能见到她。我到车站送行，没有看到她，不过，她肯定会去家政科的义卖会。我约上母亲一起去了，我们快要回家时，在餐厅里稍事休息。这时，我从正在登上楼梯的一群人里，猝然瞥见了她的身姿。

"妈妈，瞧，菊井老师！菊井老师！"我站立起来。

"是吗？她在哪儿？"母亲也向那里瞧去，但是没看到。

"总得去打个招呼才好。"母亲说。

"身穿鼠灰色洋装的就是。"我提高嗓门，跑着登上楼梯。

她正一个人观赏工艺品。我满怀激动，乃至

---

[1] 栃木县西北部的风景区。

不知道身在何方。母亲走到她跟前，向她致意，她转头看看我，微笑了，面色稍稍有些难为情。我垂首无语，一时间甚至想猛地抓住一个陌生人的肩膀，倒在地上。她朝我走过来。

"宫子同学，又想躲开吗？"她说，"啊呀，让我看看，变漂亮了，是吗？"

我只是惊慌失措地连连摇头，啊，她对我在校时的表现都一清二楚嘛。

"我和你一起陪陪母亲，送你们走到那里吧。"她亲切地对我说。

她和母亲一同走在松树林荫道的一侧，但只是重复着老一套的礼仪，我被母亲遮挡着，看不清她的身姿。我沉默不语，她也无视我的存在。

"宫子同学有哥哥吧？要把她送出去吗？"她不经意地问道。

"唉，还是个孩子，永远长不大，好烦心哪！"母亲回答。

"倒也不是的，倘若有人来学校打听情况，该说什么好呢？"她朝我看看，"说她是个感情激烈的姑娘,连老师也受她欺负。"

我头晕目眩,眼前发黑,一时憋闷地喘不过气来。

"这些全都是谎言!"

她爽朗地笑了。但我同她走在一起,感到十分痛苦。

回头慢慢想一想,可以有各种理解:她是在批评我啊,或是在若无其事地提醒母亲防备我啊……还有,或是在半开玩笑地回应我对她的一片情爱……不论做何种理解,她的这些话都是对我信中内容的回复。母亲依然蒙在鼓里,她还在唠叨那些多余的话题。

"这孩子实在太任性,给老师带来很多麻烦。"

"不,那倒是没有的事。我在学生时代,也像宫子一样要强呢。"她说。

我的内心充满炫目的幸福之光。

她在林荫道中段转入横向的道路。

"因为是老师,穿着很朴实。年轻时朴实些,也显得很高雅,"母亲目送着她的背影说,"不过,不论穿着多么朴素的洋装,她的面容总是很明朗,要是长相比不过服装,那可不行啊。"

我告诉母亲,她的洋装都是自己缝制的,母亲听了很惊讶。

"那么多的衬衫、毛衣,都是自己做的,她怎么有那么多时间做衣服呢?"我也更奇怪了。

"因为人长得漂亮啊!"母亲回答说,"老师还问起宫子的出嫁什么的,她自己怎么样了呢?"

"不知道。"我对母亲有些生气。

我们久久地目送着她,她竟然一直都没有回头看一眼,真是个怪人!

从义卖会归来那次,是第一次,也是最后一次同她一起走。除去在课堂上,那也是她和我谈话最多的一次。

母校学生到富士山麓远足那天,我站在田间小路上遥望,没有看到她。暑假里的一天,我明知她回老家了,却还到学校去玩。她刚来那天站在回廊下抬头望天的那扇窗户的玻璃脏了。这个假期里，听说她从学校辞职了。我的胸中变得空空洞洞，干枯了。纵然见到上学时的老同学，也都一下子冷淡了下来，对于所谓"母校"的怀恋全然消失了，秋季运动会也不想去参加了。我第一次感觉到，作为女学生的我真的毕业了。我也不去海水浴场，就在家按照母亲的吩咐帮她做家务。我想尽快长大成人，经常半夜醒来，看着月亮。

我想起她曾经跟我们讲过，《竹取物语》中的老翁和老婆婆见月哭泣，但我没有哭。每当心中浮现她美丽的幻影，一时憋闷起来，我就坐在镜前寻求自己的美丽，我很想变得比她漂亮。我常把掉落的头发缠绕在指头上凝望，这种事以前从没有过。

进入下半学期，她来向校内人员告别。那天一大早就得送她乘火车，去还是不去，我拿不定主意。不过，一旦错过这次机会，恐怕终生都见不到她了。她依旧美艳无比！我幻想自己会长得比她更美，实在是不自量力。我的一颗心对她彻底敬服，只是看着她的倩影，仿佛就能获得新生。

她身穿白色蕾丝滚边的水蓝色连衣裙，雪肤玉肌，淡妆浅施，车站里的乡下人都看呆了：

"那是老师吗？"

火车开动了，她经过我眼前时，我小声喊了一句"老师"，并向她行礼。她低下头，认出了我。她一直望着我，无论谁说什么，这都是绝对的、百分百的事实。临别之际，她第一次仔仔细细凝望着我。火车驶离月台后，她依旧朝我谛视。在校生欢呼着为她送行，她的身影渐去渐远，真是鬼使神差，我这次占据着一个绝好的位置，使我能好好地看着车窗远去。我为她送行，直到最后一刻。她招着手，消失了。她的手势很优美，使我想起三年级时跟她练习舞蹈的情景。

她乘坐的火车隐没于山间，朝云笼罩着峰峦。我望见她的手在云里挥舞，她似乎一直注视着我。初秋的早晨，微风拂拂。其后，不管我向她的故乡寄出多少信，她依旧没有回过一次。然而，她竭尽全力为我培育的少女之梦，正在发芽成长。

或许正是这个缘故,我对她的怀思已经不再使我感到痛苦。如今,我很平静。

昭和二十年(1945)

「燕」号列车上的女孩

一

列车驶出逢坂山[1]隧道，进入近江线。车厢的乘客大多早早睡着了，没睡的人也都在闭目养神。

其中，有七八个上了岁数的男人，因工作关系，经常来往于关东和关西。青青的麦田间到处盛开着油菜花，牧田夫妇一直眺望着麦田对面春天的湖水，除了牧田章子，女乘客便只剩一个西洋女孩。

牧田看着一艘从湖的一端驶出后穿过铁桥进入濑田川的小汽艇，说道：

"那是游览船吧……"

---

1 位于大津市与京都市交界处。

章子点了点头，随后两人便不再说话，直到抵达安土[1]一带。

观光车厢两边的车窗下排列着客厅家具一般的椅子。旅客除牧田夫妇外，皆为独自出行，所以无人交谈。或许男人们一眼便已看出二人是蜜月旅行的新婚夫妇，便不再把视线投向这里，但不论说什么他们都能听到，所以牧田很难开口。

彦根[2]的古城出现了。

观光车厢的窗户很大，午后阳光全部照射进来，遍及章子裹着羽织腰带的丰满下身。牧田看到太阳光下章子的脖颈，莫名地一阵激动，那肌肤仿佛不该暴露于众目睽睽之下，也是因为看到阳光下脖颈的一瞬，让他感到章子的整个身子非常强健。

凭借部分肌肤便能感觉到活生生的女人全身，这种体验对牧田来说至为难得，此种近乎惊诧的惊喜充满心头。可以想象，那滑腻的肌肤，一经

---

1 现滋贺县内，位于琵琶湖东岸，有古代安土城遗址。
2 滋贺县琵琶湖东岸的城市。

日光照射，每一个毛孔都浮泛着仿佛看得见摸得着的灰白暗色。牧田看着她，初次感到这个女子同他自己，是迥然各异的两种生物，这是多么不可思议啊！

这个女子坐在蜜月旅行归来的火车上，究竟在想些什么呢？牧田不明白她的心思，眼下这种不明白，也是一种快乐。

为了婚礼上的装扮，章子自然剃净了脖子上的汗毛。旅行期间，她便再没有用过剃刀。

那新生的汗毛就像灰白的尘埃，牧田觉得，那些汗毛是藏在任他摆弄的章子的身体上的。

章子的头发看上去也有些红褐色。虽说女人的头发经阳光照射就会变红，但牧田想，这种现象自己是何时，又是怎样发现的呢？那样的女性体态，他一点也想象不出来。

每当他微微闭上眼睛，一种近似麻痹的甘美倦怠感便从心底升起，脑子里好像浮动着无数的海蜇。

那是轮船在横滨启碇时看到的情景。

牧田和章子乘坐走外国航线的轮船抵达神户，接着次第经过大阪、奈良、京都，绕了一圈归来，结束了一周的新婚之旅。

一位朋友送他们到船舱时，凑近牧田的耳朵低声说：

"你看，这边和那边隔得很远啊。"

牧田还以为他要说什么呢，原来指的是寝床。因为海上常有素昧平生的两人同舱的情况，所以同舱的两张床都隔得很远，还各自配有帷幕。

牧田工作单位的上司或许听到了那人的低语，大声说道：

"肯定是隔开好嘛，只要不是新婚旅行……"

牧田吓了一跳，看向上司的脸，这句话好像粘在他耳朵上了。

当时，章子正面朝母亲低着头，用两根指头轻轻揉搓着母亲腰带以下的衣襟，这多半是无意识的。她似乎想说什么，几乎要哭出声来。

送行的人下船回到岸上后，又等了好长时间，船才开航。牧田也很无奈，他想，章子最好不要哭，而章子这时似乎也在极力控制住不哭。

海港的娼妓趴在栏杆上，张开大嘴喊叫着，样子很难看。

因为是蜜月旅行，牧田不想挥动手帕，他有些难为情。

轮船开航了，岸上的人奔跑着，乘客也不愿忽视送行的亲友，两头的人都挤作一团。章子肌体的温润传到牧田的身上，牧田也蓦然伤感起来，与其说他在为自己而悲戚，毋宁说是章子告别双亲，同一位几近陌生的男子同船旅行，其悲凉的心绪引起了他的共鸣。

牧田从口袋里掏出手帕，递给章子，章子接过手帕挥了挥，这让牧田大惑不解。她觉察到自己所做的一切后，低伏下眉头。

"啊呀，海蜇……"她嗫嚅着。

牧田也低下头来，船尾波涛翻滚，一派浑浊，那里漂浮着无数海蜇，硕大的海蜇！那成群的海蜇在汹涌的海浪里不停伸缩着透明的身子。

庞大的船舷下，一大群海蜇被混浊的海水冲

击着，或浮或沉，说不上来是优美还是丑陋。它们仿佛一个个可怖的幽灵，紧随轮船而来。

牧田闭上眼睛，海蜇群时时浮现于脑际，这令他十分困惑。

火车离开湖水，驶入小山之间，快到关原了。

"那女孩，很像混血儿啊！"牧田看着前面的女子小声说道。

"啊呀，是吗？"章子一副意外的样子。

"透着红褐色的黑头发，也很像日本人。"

"是吗？"

"乍一看像是在日本生的，却又像是混血儿啊。"

"我也觉得像日本人，刚才起一直盯着她看呢，从她手里的东西也能看出来。"

那女孩抱着个日式人偶，夹着小包袱。

"说不定就是混血儿，举止也很文雅呢。"

"脸型完全像个西洋人。"

"多大年纪呢？"

"哎，也就七八岁吧。哦，穿着棉布的衣服，现在也不是夏天呀。"

"嗯,也许是麻的。"

四月刚刚过去二十天,那女孩就穿上夏天的衣服了,深蓝的料子上印着细碎的花纹,上衣前袄和袖口很短。内里是桃红色的丝绸内衣以及同一颜色的裤子,看上去很整洁,脖子上围着蕾丝衣领。她的头发披在左右两侧,发梢上扎着的好像是雪白的蝴蝶结,仔细一看,原来不是蝴蝶结,而是一枚白瓷花,刘海上也有一枚瓷花装饰。

"像是一个人旅行。"章子说。

"我也这么想呢,看样子很像。身边的是她父亲吗?但看起来又不大像。"

"不像她父亲呀。"

孩子很小,坐在宽大的椅子上,脊背紧紧靠在身后藤条编制的椅背上,两只脚也搁在上面,膝头竖起,正打开日本画册在看。她的胳膊肘抵在斜斜竖起的膝头,几乎倒在邻座的人身上。牧田看到那副情景,便以为那人是她父亲。

但是,邻座的人只顾呼呼大睡,女孩独自玩

着。

"一个人倒是……"章子似乎很喜欢那个女孩。

侍者进来,对牧田说:

"房间空出来了,请吧。"

牧田只是点点头,身子却没有动。

一等车厢分成三个区域:观景车厢前安设转椅座席,再向前是个小隔间,里面相向放有两张沙发,入口玻璃门上挂着帷帘。侍者或许是好意提醒他吧,但牧田不愿意进入那座只供午休的小小蜗居,就连受邀请都觉得寒碜。

"轮船和火车,哪个更好呢?"

"还是船好呀。"章子回答。

"我父亲说了,他也很想乘船蜜月旅行呢。"章子的嗓音微微颤动。

"你父亲吗?"牧田看着章子。

"是呀,他不是一个劲儿叫我们乘船吗?"

"啊,所以你父亲才让我们选船啊。"牧田漫不经心地说。

"啊呀,不好再有第二次啦!"

牧田笑了:"大凡父母,自己未能实现的事,总想叫孩子去完成。"

他一边点头,一边暗暗对自己感到惊异,自轮船驶离横滨港,他便几乎把章子的父母全然忘记了。然而,从眼下章子的口气可知,她似乎一直记挂着乡间的双亲。如今,牧田也觉得这对章子来说理所当然,这才觉察出自己同章子之间的明显差异。

他开始反省,在漫长的蜜月旅行中,一直没有认真考虑章子父母的事,这是不是一种出乎意料的罪愆?

"还是乘船好啊。"

"是的。"

"常给家里写信吗?"

"写了,您不是看到了吗?"

"就那一封?"

"啊呀?"

章子的反问带着不满,她以为牧田在怀疑自己瞒着他给家里写信。

一起绘制的明信片自不必说,即便是在旅馆里写的信,章子也都给牧田看了。

"只有那一封啊。"

"旅行回来,会有很多话题。"

"不过,总觉得……"章子带着撒娇的口吻,"家中父亲知道我要嫁人,立即为我做了各种设想。"

"是吗,什么设想?"

"各种各样……母亲嘲笑父亲,说出嫁的好像是父亲。"

"那么,你怎么说的?"

"我吗?父亲既然那么说了,我就只好向他坦白,说我不太了解对方,所以不知道该怎样设想,也不知道将来会成什么样——说实话,我只希望父亲保持沉默,听他说了那么多,我总觉得他很可怜。"

"不过,我倒打算按你父亲的想法实行下去。"

"不行呀,那样做……既不现实,也没必要。"

章子意外地强调道。

这无疑是现实,但牧田总想了解一下,章子的父亲是如何为女儿的婚后生活设想的。

"父亲那么说,是因为父亲的婚姻很幸福吗,还是因为不幸呢?"

"啊?"牧田顿时答不出来了。

"他或许没在想着自己,而是时刻为女儿操心并期待吧。"

牧田的话有些模棱两可。

他们的声音很小,几乎全被车轮声吞没。然而,章子的嗓音非常清朗,倒是牧田的声音听起来很模糊。

倘若章子缺少纯洁少女应有的窃窃私语般的嗓音,牧田就会觉得她有时很胆怯,纵然她的私语有些震颤不稳,他都能从中感受到女性的温存。章子尽管茫然不自知,但她已经具备动人的嗓音了。

前边的女孩扔掉画册,解开包袱又扎了起来。翻来覆去之下,那只暗黑色的平凡包裹,看上去异常可爱。包袱里有彩色印花纸糊的小盒子。接着，她从中抽出彩纸，叠了个纸头盔。

她有两个小人偶，她把纸头盔戴在较小的人偶头上，可又掉下来了。

"啊！"

她拾起来，还想再给人偶戴上，但总也戴不好。

"燕"号列车抵达名古屋，从京都到这里需要两小时，途中没有停靠站。

那些牧田本以为睡着了的乘客，此时都睁开眼睛，有的站起身下车了。又上来两三个人，仍然都是男的。

女孩迅速跑到有转椅的房间，抓住一个西洋人的肩膀，嘴里还说着什么。

"她还是有妈妈的呀。"

"嗯，不过不太理睬她呢。"

母亲听到孩子的声音，只是点点头，也没有将转椅转向孩子，只顾看自己的书。孩子立即跑回观光车厢，这回叠了一只纸鹤。章子微笑着望着这一日本式的游戏。

三河路沿途的砖瓦屋顶很漂亮。女孩又解开包袱，把彩纸放进盒子里。

"是个混血儿啊，包袱皮的一端印着'寺川'两个字呢。"接着，章子又有些感慨地说，"不过，结婚也是挺麻烦的！"

她似乎在自言自语，牧田一时弄不清她在想什么。

"那位西洋女子，为了结婚，来到遥远的日本，要过一辈子啊！"

"可不是嘛，想到这儿就……"

"生下外国人的孩子……"

抑或这类事就是会让如今的章子大为慨叹吧。可是，她这句话一说出口，也把牧田引向了遥远的想象。

放有转椅的房间，可以看到西洋女人的背影，她肩膀宽阔，显现出中年女子的寂寥。单单为了结婚，化为异国之土，留下一个混血儿，这种事很异常。

想到这里,面前的女孩看上去既可怜又神圣。

"西洋人的孩子,为何都这么可爱呢?虽说面孔一点都不美……"

这女孩眼窝凹陷,眼珠青蓝,额头和两侧面颊的轮廓不很端正,嘴唇向外可厌地凸了出来。然而,她的体格却带有天使般轻柔的感觉,两条直抵腰肢根部的笔直大腿光艳无比。不同于日本孩童的是,完备可爱、略带孤独的自由充溢在她的气质中,给人以雕塑般的独立之感。

列车经过渥美湾,前面不远就是远州路、浜名湖。

这一带的农村,家家户户院外都围着美丽的罗汉松墙,眼下松树已经抽芽了,鹅黄的新芽,好似蜻蜓缀满树头。

列车直抵静冈车站才会停下来,再前方的停靠站只有沼津站和横滨站。

女孩从包袱里掏出纸风船[1],大中小三只被叠

---

1 折叠成各种形状,可在空中飘飞的纸质玩具。

在一起,她展开最大的一只顶在自己头上,不料纸风船立即落在膝盖上了。她朝这边看了看,牧臣笑了,女孩却一脸茫然,又把纸风船顶在头上,用两手按住,两眼滴溜溜地环顾四周。

"她一个人挺会玩的啊!做妈妈的一点也不管她。"章子说道。

"西洋人的孩子都这样,一生下来,个人就具有独立性,即便是孩子也不怕孤独,不然思想就会僵化。"

"不过,在我们看来总有些可怜,不忍心看下去。"

接着,女孩把纸风船堵在嘴上吹气,却怎么也吹不鼓。此时,章子终于站起身走了过去,亲自为她吹气。女孩虽然老老实实把纸风船交给章子,但章子还给她时,她似乎觉得章子多管闲事,对章子的态度有些麻木。女孩既不羞涩,也没有礼节性地微笑。

女孩似乎想要别人陪她一起玩,一直调皮捣乱,根本静不下来,但到最后都是自己一个人玩。

邻座的男子睁开眼来，不论女孩说什么，他都充耳不闻。

"看着看着，渐渐地，渐渐地，不觉得她很可爱吗？"章子亲切地说。

车窗外的茶园已经被夕阳笼罩，茶树开始发芽了。

山上尚未凋谢的山樱花，还有村里的杏花，显露出夕暮前沉静的颜色，每一棵树的新芽都还处于最鲜嫩的时刻。

女孩又回到母亲身边，但立即折回来，这次飞身跳到章子身边的长椅上，从彩纸盒里掏出一只小荷包来。

"啊，香荷包！"章子一阵惊喜，这勾起了她的怀念之情。

荷包的面料是铁锈色的碎花友禅绸。

车窗外暮色苍茫，绿叶丛中，日本风格的香荷包犹如美丽晶莹的水珠渗入眼里。

"家在哪里呀？"

"横滨。"

她只答了章子这两个字，依旧不愿搭理人。女孩笨拙地向空中投荷包，再从地上捡起来。后来她有些厌倦了，就拿出格子纸，开始画儿童画。格子纸是商用书简纸，印有"横滨寺川"的生丝商商标。

列车停在静冈站，不一会儿又开往沼津，漫长而广阔的海岸线在眼前展开。

章子只是凝视着女孩，这时，突然回头望着牧田说道：

"咱们一生都会记住这个女孩的。"

"会记住她的。"

"一定不会忘掉她，尽管再也不能见到她啦……"

"是啊。"

"回来的路上，竟一直盯着这个女孩，真是不可思议。"

临近东京，在那里等待他们的是两人的家庭生活，牧田对此也感到不可思议。

"抵达东京，正好是九点整，真想再多走些地方啊！"

"是啊，不过我倒是想回家呢，要做的事情很多。"

"要做什么呢？"

"啊呀！"章子笑了，"我想把这女孩拐走呢。"

"怎么能轻易拐走呢？她可是很成熟小心的啊。"

牧田说着，突然想到假若两人生下一个蓝眼睛、红头发的孩子，那会怎样呢？

他茫然地想象着，或许一个全世界各色皮肤通婚的和平时代，将会出现于遥远的未来。

女孩百无聊赖地站起身来，一边小声哼着歌，一边跳着舞。她走到书架前，抽出一本书来，又立即插回原处。

海面一派深蓝色，远方夕暮的天空下，富士山高高耸峙。

昭和十五年（1940）

关于《伊豆的舞女》(一)

川端康成

我第一次去伊豆就是在《伊豆的舞女》小说中提到的那次旅行，那时我二十岁。我在《伊豆的舞女》的草稿——《汤岛的回忆》里写道："我二十岁，刚刚升入高二，秋季过半，赴京后第一次出门旅行。"当时，七月升学，九月新学年开始。

我在《伊豆的舞女》中写道："二十岁的我曾反复严格自省——自己的性格是否被'孤儿根性'扭曲了，我是不堪忍受满心的郁闷才来伊豆旅行的。"我对"一高"[1]一二年级时的寄宿生活十分厌恶，因为它完全不同于初中五年级时的集体生活。而且，我一直记挂着少年时代留下的精神疾

---

[1] 第一等学校的简称，东京大学教养学部的前身。

患，不堪自怜自贱之念才去了伊豆。现在想想，我固然清楚地表达了我的旅行动机，但其中包含了过多感伤的情绪。所谓"反复严格自省"，果真如此吗？我本以为自己不是个会严格自省的人。

不过，在《汤岛的回忆》中，我写道："舞女说过、再经千代子认可的'好人'这个词，让我心里乐滋滋的。我想，我是好人吗？是的，是好人。我自问自答。拥有平凡意义的'好人'一词，给我带来光明。从汤岛至下田，我一直在自省，终于被告知自己就是一个好旅伴，我很高兴。无论是在窗棂带有装饰的下田旅馆，还是轮船的客舱，我都因被舞女看作好人而满足，对说我是个好人的舞女倾注了满腔热情，为她痛快地流下了眼泪。现在想来觉得很奇怪，那时我还是个少年。"

这无疑是《伊豆的舞女》的创作动机，也是这部作品受到广泛欢迎的缘由之一。

《伊豆的舞女》也好，《雪国》也好，都是我怀着对爱情的感谢创作的。《伊豆的舞女》表现得很率真；《雪国》稍稍深入，表现得很痛苦。

《伊豆的舞女》几乎没有描写修善寺至下田沿途的风景。可以说，写这篇文章时我并没有想过要努力描写自然风光，全篇都是在不经意中完成的。二十四岁夏天写于汤岛，也没有打算发表；二十八岁时逐一稍加修改、誊清，其后曾想添加一些风景，但未能实现，但当然还是美化了人物。

1933年的《写在〈伊豆的舞女〉拍成电影之际》一文中，也曾提到过这次美化：

"当年十四岁的舞女，今年已经二十九岁了。首先浮现于脑海里的鲜明印象，就是她的睡颜，特别是眼角留下的那抹颇有古风的胭脂红。那是她们最后的旅行，之后她们在大岛波浮港落脚，开了一家小饭馆，同'一高'时代身为寄宿生的我有过一段时间的书信往来。田中绢代的舞女演得很好——虽然容貌不太像。尤其是那肩头披着半腰上衣的有棱角的背影，颇见风情。她的表演十分亲切，浑然天成，令我欣喜。若水绢子扮演的嫂嫂，恰到好处地演绎了早产后旅行微带的倦色，但没有特殊的精彩戏份，使她略显无聊，反而增添了她的哀愁。不过，这点倦色带来的美丽，在人物原型身上，已经是极少见的了。现实中的那对夫妇为恶疾所苦，女人们在早晨都因为腿疼腰疼很难从床铺上站起来，哥哥则经常在温泉里给腿换膏药，一起洗浴的我都不忍心看到这些。生下个通体透明的孩子，或许也是病的缘故。

"我在愉快地写作《伊豆的舞女》时，唯一的困惑就是要不要写这种疾病。要是写了，它就将变成一篇在感觉上稍有不同的作品。不过，这个坏主意一有机会就冒出来，其后时时追逼着我。这种恶疾的幻象十分鲜明，实在不亚于舞女眼角的胭脂红。那婆子有点不洁净。舞女的眼睛、口唇，还有头发与脸形，虽说美得不很自然，但唯有鼻子像是淘气地放置上去的，十分小巧。然而，我之所以没有写进去，是因为我毫不在意这些。但不知为何，唯有那恶疾在我脑海里挥之不去，这四五天里，我一边写这篇文章，一边老是犹豫到底该挑明还是隐瞒下去。现在也是，还未写到这个部分时，已经停笔思考了三四个小时，到了天亮头疼起来，终于还是写上了。写上了会后悔，不写又会继续被疾病追逼，头疼反复不止吧？人真是怪物，我有时觉得自己很可厌，有时相反，又觉得自己很可亲。"

我说"有过一段时间的书信来往"，其实有些过分，只是指舞女哥哥曾给我寄过两三次明信片。他们相信我一定会去大岛，明信片上说很希望我在他们过年演戏时前去帮忙。在下田分别时，我也确信自己一定会去大岛同他们再度见面，但因没有钱，最终没去成。不过，其实只要想想办法还是能去的，可我并没有想办法。后来好像接到了来信，上面说他们在东京赏花时节来飞鸟山跳过舞，那大概是他们在回到大岛以后写的信。

我的作品中《伊豆的舞女》最受欢迎，但我这个作者偏要逆风而行，关于伊豆题材的作品，更想夸耀自己的《春景色》和《温泉旅馆》。但最近恰逢《伊豆的舞女》编入细川丛书，又重读了一遍，相隔许久之后，作者本人也终于能真诚地面对这部作品了。

关于《伊豆的舞女》(二)

三岛由纪夫

新潮社版《川端康成全集》第一卷收录《伊豆的舞女》，第二卷收录《温泉旅馆》，第四卷收录《抒情歌》和《禽兽》，我的解读也按这个顺序进行。

《伊豆的舞女》原是很长的草稿中的一部分，这一点在全集的后记里已经有所说明。这种颇有意味的插话，是作家在不经意间对小说写作技能的暗示，正如《十六岁日记》中提到的那样，那是一种截取任何一段映入作者眼里的现实，都能构筑一部作品的能力，而这篇《伊豆的舞女》也是可以窥见此种稀有天赋的证据。

《伊豆的舞女》在结构上无懈可击，不会让人觉得它只是一部作品的片段，正像大块的方解石[1],不论如何敲击,都能分解为同一形状的小型晶体,所以我们大可不必为川端先生的小说长短与结构关系操心。实际上,此二者正是对经过纯粹选择、限制、定位、晶体化的资质加以扩展、运用和虚化的运动轨迹。问题在于,如何发现此种普遍存在于现实中的具有魔术般内在的资质,以及如何充分运用这种发现的能力和发现过程中的微妙之处。《伊豆的舞女》是最适合探寻此种轨迹的作品。例如,足以囊括川端先生全部作品的重要主题——"少女的主题",便在此初见端倪。

　　……就像历史小说中过分夸张地长着一头浓发的女子画像。

　　……还是个孩子呀!……我高兴地朗声笑个不停。

　　昨夜的浓妆还残留着,嘴唇和眼角渗着微红……

---

[1] 一种碳酸钙矿物。方解石的形状多种多样,敲击方可获众多方形碎块,故名方解石。

舞女端坐在酒馆楼上敲鼓……

这类借助亦静亦动的 dessin[1] 精确组合成的少女内心世界，一概交给读者来想象。川端先生因此种"少女的主题"，得以免于遭受同时代其他作家悉数未能避免的，那种肤浅而虚假的近代心理主义的侵染。世间将此看作抒情，但《伊豆的舞女》结尾表现的"甘美的快乐"，又是如何抒情的呢？其实，毋宁说它是反抒情的，因为结尾恰恰证明这篇杰出的青春小说仅仅凭借"甘美的快乐"是无法成立的。我称《伊豆的舞女》为真正的"青春小说"（此处"青春小说"一词无讽刺意味），正因为它具备在日本作家的作品中少见的青春本身的未完成之美，同时，这种"青春"又绝非意味着作品的未完成。

少女的内面，本来不足以充当表现的对象。侵犯少女的男人，不可能充分理解少女；没有侵

---

[1] 法语，意为"素描""底稿"。

犯少女的男人,同样也不可能理解少女。但如果真的是这样,少女的存在还是真实的吗?这是一种不可知的痛苦认识,而人们谈论的川端先生的所谓"抒情",实际上就是将这种痛苦认识推向不可知境地中某种精神上的"纯洁的焦躁"。正因是焦躁,更有必要使用一种初看颇为暧昧的语法。但是,这种暧昧是正确的暧昧。

说到这里,少女性的秘密已成为这个世界艺术作品存在之理的秘密替身,它对表现不可知之物的研究起到了推动作用。"抒情"的神秘主义就拥有这种性质,这也正是《抒情歌》在川端先生的全部作品中占有重要象征位置的缘由。

说来,《伊豆的舞女》中南伊豆明丽的秋日风光,在作为"掌小说"[1]的《谢谢》中也带着无以类比的美再现了,两部作品值得一起阅读。

《伊豆的舞女》是创作于大正十一年至十五年(1922—1926)的作品,而《温泉旅馆》作于昭和

---

[1] 篇幅短小的微型小说或小小说。

二年（1927），描写了自晚夏到冬天，旅馆女佣和陪酒女流转多变的人生。这种情节结构极为复杂的小说，单纯凭借季节感便裁断了众多女人的流转命运，反而可以从中窥见《伊豆的舞女》之后这位作家的成长。季节并非单独作为技巧[1]被用于写作，"蕉风开眼"[2]的寓意也正在于此。季节是运用最单纯却强韧的目光捕捉人世流转的唯一线索，而使这种单纯的裁断成为可能的那种充满麻木或厌恶的内核，也会因作品中人物的命运和艺术家即作家本人的命运之间深刻而充满讽刺意味的对比，使单纯的表达蕴含无限的丰富感。对此种主题最苛酷的展开，使得作者在昭和八年（1933）花费了整整一年的时间创作《禽兽》一作。

在《禽兽》中，凭着对"畜生腹"[3]怀有悲哀，

---

1 原文为"意匠"，意为功夫、技巧。
2 指松尾芭蕉因吟咏俳句"古池蛙跳水"得以开悟，从而树立具有独特风格的"蕉风俳谐"的典故。
3 意即多产、多子，也是一种对龙凤胎的贬称。

作者弹奏了一首凄怆的乐曲。我以为,只有用一副纯然的阅读 allegory[1] 的方法,才更易于触及作者的创作心理。例如,我们可以借助想象,进入作家的视角,像看待自己创作的作品那样,阅读下面一节:

> 这只狗来了初潮,可身子尚未完全雌性化。因而,从狗的眼神上,还看不出有实际将要分娩的感觉。
>
> "自己体内如今到底发生了什么事,它一概不知道,似乎很苦恼,不知如何是好。"它看上去稍稍有些难为情,但又完全任人摆布,也不觉得对自己的作为需要负何责任。

狗的目光和作家观察自己作品的目光,应该是我们可以想象到的最深刻也是最残酷的对比。

---

1 英语,讽喻、譬喻之意。

作家本就有权具备狗的目光,可以将此看作作家绝望的幻想。狗的目光不就是造物主的目光吗?造物主不正是用这种天真无邪、不负任何责任的目光看待自己造出的人类吗?当你叩问人类存在的意义时,不能不陷入这种可怖的疑惑的泥沼。艺术家因生来具有人的目光而饱受苛责,本来他也有权具有与生俱来的狗的目光,倘若如此,创作当极为容易、不伴有任何痛苦,只是一种纯粹的营生,既从事创作,就自然享有具备这种目光的权利,不是吗?尽管如此,作家毕竟还是生有一双人的眼睛,必须通过这双眼睛观察事物。艺术家为这种存在的二重性而苦恼,若是舍离一方,就意味着作为艺术家的身份的死亡。

《禽兽》中飘荡不定的厌人癖,总是与呕吐相伴。厌恶人类,面向自己,致使写作濒临危殆。在这种紧迫危机中产生的作品,既是一种不幸的奇迹,也是一种带有逆说的侥幸。不过,促使作者写作《禽兽》的根源,早在前一年,即昭和七年(1932)的《抒情歌》中便已得到明朗而丰富的阐述。

在我个人看来,《抒情歌》是川端康成研究者必须反复阅读的重要作品。

这篇小说的文体使人联想到明治时代女人轻捷而谨严的衣着装扮,以这种文体描写的神秘白昼世界,是川端先生切实的"童话"。所谓童话,就是最纯粹的告白。

像先生这般自我生存之路崎岖不平的作家,一方面在《禽兽》这样的作品中未能成就告白而成就了 allegory;另一方面却在《抒情歌》这样的作品中,毫无顾忌、孜孜不倦地做出了告白。这就和志贺直哉先生的某些作品中几近非文学的自我暴露形成了有趣的对照。在《抒情歌》中,作者通过自我灭失(心灵上)对生命的欲求加以叙述,借助"自我"赖以维持的今生的生命责任则被看作"可贵的抒情诗的污点"。

看到这里,我们会立即想起威廉·布莱克的《天真之歌》,想起那些用切实的童心吟诵的无数伟大的诗篇。幼年时代的布莱克,说自己看到众多天使欢聚于树荫下，一边高歌，一边舞动灿烂的羽翼，还说在自家附近的原野上看到预言家以西结[1]在休息。为此，他挨了母亲的一阵毒打。

正像布莱克挨打一样，这种惩罚也为川端先生铃上艺术家的烙印。

"我睡在你身边时，从未做过关于你的梦。"

所谓爱正是如此，作者用极为现代的方式给予爱以定义。睡在人身边时，我们不做这个人的梦，那么，任何表现都可能出现在无梦的睡眠中吗？倘若不能，爱就无法表现出来吗？《抒情歌》的女主人公不可思议的心灵学才能，正是女人的悲剧，使她不得不阐述这种爱，看待这种爱，表现这种爱。而她不曾获悉关于恋人的噩耗……

预知的才能，此种才能在地上毫无价值。尽管如此，她的眼帘早已清晰地映现出轮船的姿影，船尾标识着"第五绿丸"的字样……

---

[1] 以西结（Ezekiel），公元前六世纪初的以色列先知，指出犹太人的堕落，预言耶路撒冷将覆灭，激励以色列自救，求取新生。其预言集中载于《圣经旧约·以西结书》。

——至此,我品味着仅凭"作品解说"必然不可能达到的境界。

(1950年8月)

译后记

一

川端康成名作《伊豆的舞女》最初发表于1926年1—2月号的《文艺时代》，1933年2月首次拍摄成电影，由田中绢代主演。

我在日本时，去过最多的地方当数伊豆半岛，参会、专访、旅游、路过……大约有七八次。印象最深的自然是初访了，那是在1999年夏天，一晃二十余年了，但当时的情景记忆犹新，历历如在眼前。

我在《伊豆散记》一文的开头做过这样一段记述：

> 今年6月14日，是诺贝尔文学奖获奖作家川端康成诞辰100周年的日子，被称为

川端"第二故乡"的日本伊豆地区,举行了丰富多彩的纪念活动和学术研讨会。承蒙日本川端文学研究会会长、文艺评论家长谷川泉先生和副会长、成蹊大学教授羽鸟彻哉先生的盛情邀请,我有幸参加了纪念大会;满怀兴致地和日本大学生们一道,沿着当年作家的足迹,徒步翻越天城山,亲历了川端名作《伊豆的舞女》描述的各种文学场景和自然风物;还凭谒了岛崎藤村、田山花袋、若山牧水、北原白秋、梶井基次郎、井上靖等其他文学大家停宿过的旅馆、墓地和文学碑等遗迹。从北到南,兜了一个圈,几乎走遍了伊豆半岛所有同文学有着深厚渊源的地方。这是一次难忘且十分快意的文学之旅,使我得以进入那些神往已久的、自然同文学相互交融的艺术美境,饱尝了日本现代文学的醍醐味。

自那之后,虽然又去过多次,但大都是匆匆

经过。原本幻想将来邀集一批同好，再仔细地走一趟，可哪里还会有这样的机会？再向前追溯，第一次听说"伊豆"这个地名，大约是在我翻译《我的伊豆》这篇散文的时候。那是20世纪80年代，我偶尔在一家当时刚成立不久的"猴儿扑"[1]出版社发行的一套多卷本纪行文集中，发现了川端康成的一组短文——《伊豆序说》，这篇文字尤其使我心动。我立即译了出来，并冠名为《我的伊豆》发表于《译林》杂志，不久该篇译文又被作家出版社收入王光编著的《外国散文名篇选读》，此书第一篇选文就是《我的伊豆》，这就是我翻译川端康成作品的起始。

其后数十年，我在国内外的大学任教期间，《伊豆的舞女》始终是我的首选教材，可以说我在文学翻译的课堂上，教了一辈子川端文学，讲了一辈子《伊豆的舞女》。

进入新世纪的2009年前后，我应人民文学出

---

[1] ほるぷ音译。

版社之约,继岛崎藤村《破戒》之后,着笔翻译川端的几部主要作品,以《川端康成读本》为书名,列入该社"世界文学名著丛书"(丛书确切名称不详)选题计划,其中就包括《伊豆的舞女》。由于出版过程较为复杂,各方龃龉间,版权被中途买断,人民文学出版社的计划胎死腹中。

漫漫十年,川端汉译一枝独秀,他花尽杀,群芳萎谢,少年白头。

静默中练笔,苦熬中励志。

2023年,川端文学迎来公版,相信到那时川端汉译必将重返繁华,出现译家蜂起、百花齐放的喜人景象。

时代飞轮,历史跫音;十年光阴,弹指一挥。当时情景,已入城南旧事。想起昔年译川端,文句之思心头流动,欢乐之情笔端奔涌;如今再译川端,旧调重弹,虽墨池已涸,毛颖已凋,然文思犹畅,不啻当年。电脑恼人,敲键笃笃,昕夕以求,不亦乐乎?

这是一本以《伊豆的舞女》为代表的川端短

篇小说集。入选作品十篇，完全依据译者所好，及对读者阅读趣味的估量组成，恭请朋友们批评指正。

这里需要说明的是，川端日文原作多以标题区分章节，有的在标题之下再加序号，有的单单以空行空页断开。为保持原貌，译者不曾轻易添加任何标识。读者可自行设置序号或标题，以便翻检、查阅。

恶疹当前，使我们失却许多自由空间，但我们可以读书，书中自有梦幻的想象、思维的飞翔。走进中华及世界文化宝库，让吟哦咿唔之声充溢尔的豪宅别庄、竹户泥墙……

陈德文
2021 年孟秋初稿
2022 年仲秋改订

无形的幸福和看不透的明天,

只有用于希望才显得真实,

用于约定则成了谎言。

一页 folio

始于一页，抵达世界

Humanities · History · Literature · Arts

出品人　范新
品牌总监　恰恰
特约编辑　王子豪　徐露　徐子淇
营销总监　张延
营销编辑　狄洋意　闵婕　许芸茹
新媒体　赵雪雨
版权总监　吴攀君
印制总监　刘玲玲

Folio (Beijing) Culture & Media Co., Ltd.
Bldg. 16-C, Jingyuan Art Center,
Chaoyang, Beijing, China 100124

一页 folio
微信公众号

官方微博：@一页 folio | 官方豆瓣：一页 | 媒体联络：zy@foliobook.com.cn